あの頃に戻りたい。
そう思える
今も人は幸せ

一般社団法人 mother ha.ha 代表理事
大崎 洋

飛鳥新社

あの頃に戻りたい。そう思える今も人は幸せ

まえがき

高龍太郎くんから新発売のペンをもらった。これでよしスラスラと喋べれるぞ、前説。まちがえた前書き。

筆がスベりっぱなしで、チマチマと、ある時は新幹線のぞみのテーブルでシウマイ弁当を友に、ある日は銭湯の待ち合いの小さなテーブルで石けん箱の匂いで綴った日日。

チマチマとって

これって日本人特有なんやろね。

「ちょびっとチョーダイ、その食べさしのアイス」

本屋さんで平積みになっている新刊本を手に取る。なぜか一番上じゃない。二番目か三番目のヤツをなに気に抜いてカウンターに持っていく。書店員さん達もブックカバーをテキパキ折って本を大切にしてくれる。

財布の中身。一万円札二枚、五千円札一枚、千円札三枚。渋沢栄一、津田梅子、北里柴三郎、肖像のお顔の向きを揃えて入れてある。

私たち日本人に特有の
「染みついているもの」

なに気ない仕草、所作、習性。

巡るささやかな季節の中で生まれ育ったもの。田んぼのわきを流れる小川の川面をじっと見つめてきた私たちの祖先。


私たちに染みついているもの。

——それで、世界で勝負。


ゲームの不具合を見つけだして正常にプレイができるようにする作業。デバッグという。

日本人はそのバグを発見するスピードがアングロサクソンより四倍早い。ナント。

今やデバッグは世界で一番だという。

日本のひきこもりの若者達の世界への挑戦である。

アーティストの意図されたエラーの視点は日本人固有の表現なのか。

二人一組の会話のツッコミは日本独自の芸能であろう。

伝統工芸の欠けた割れたお茶碗を金粉で繕ろう金継ぎも日本の千年の手仕事。


ささやかな日常はやがて天性になる。

世界に誇る天性である。


毎朝、毎夕、毎晩、銭湯に通う。

タオルにせっけんを一心不乱に擦りつけ、ゴシゴシゴシゴシとこれでもかと仇のようにからだを洗う。

湯煙りの中、カラン前に坐っているジジイと、鏡に写る我が身を振り返り思うこと。

日本人に染みついたもの。

これでもかというほどの愛。

大﨑　洋

目次

第3章

ありのままの君で

第4章 新しい朝がやって来る

第5章 みずみずしい希望

第8章 島田紳助、ほぼ独占告白！

イラスト　糸吉

第1章

ずっと心の中で泣いていた

こんなつもりじゃなかった

こんなつもりじゃなかった

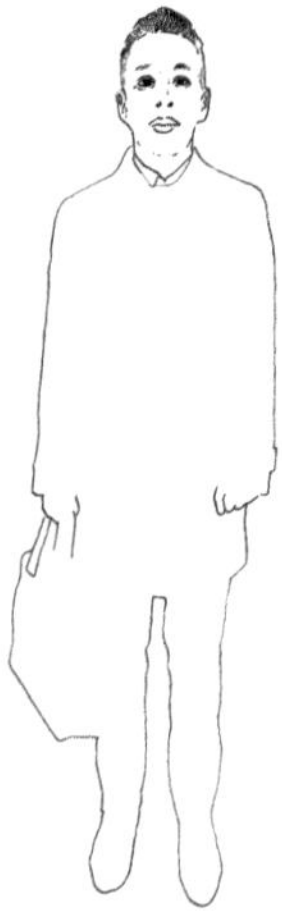

沼尻副編集長と出会ったのが、運のツキ。ダマされて、連れて来られた『月刊Hanada』。百田尚樹さんの特集があった時に連絡をもらった。「百田さんについて、チョットコメントをお願いしますぅ」と、沼尻さん。「はぁ〜い」と私。「わっかりましたぁ、直《す》ぐに書いて、メールしまぁ〜す」。

知らんかった。編集者という人々は恐い。スネークインしてくるんだ。雑誌の記者やカメラマンも、ある日突然だ。暗がりから現れて来る。『FRIDAY』には、過去十六回、突撃を受けた。そんなサラリーマンは世の中にいないと思うけど。今や、ちょっぴり自慢。『FLASH』不意打ちも経験したな。『週刊新潮』は、生島ヒロシさんからお声を掛けてもらって、文豪が執筆するような部屋で〝対談〟。吉本興業を退任した時は、なんと四ページの特集を組んでもらった。『週刊文春』は〝新・家の履歴書〟でお世話になった。楽しかった。方眼紙をもらって、子供の頃に過ごした家の見取り図を描いていく。手を動かして、あーだこうだと、ひとりでしゃべりながらマス目を埋めていく手作業。狭い台所の横に細い急な階段があったっけ。いやチョット待て。階段の向きは？　階段の下は何やった？　冷蔵庫は毎朝氷屋のおっちゃんが、きれいな四角い氷を持って来てくれてた。あ〜、おばあちゃんにマクワウリを食べさせてもらったなぁ。「ひろし、マッカ食べ」と。おばあちゃんは超セッカチやった。晩ごはんの時いつも、最後のごはんを口に入れモグモグさせながら、もう立ちあがって台所にお茶碗や食器を運んで洗いものしてた。

おばあちゃんは、台所で立ったままで、トマトにお砂糖をかけながら食べてた。「滋養《じよう》があるんやで。ひろし、早よ食べ」と。くちぐせは「うまいもんは宵《よい》に食え、言いたいことはあした言え」。そうそう、おじいちゃんは〝サンケイ新聞〟を一面から、スミからスミまで一日中、ひがな一日縁側で読んでた。

タバコは〝いこい〟か〝しんせい〟。お父ちゃんは〝エコー〟を吸ってたか。走馬灯《そうまとう》思い出連想ゲーム。柱時計とコタツと家の匂いと物音。小学一年生の頃、当時発売されたチキンラーメンをおじいちゃんと二人して三分間ワクワクしながら、うわぁ〜と叫びながら蓋《ふた》を開けた。おじいちゃんと孫と湯気と。そういえば、おじいちゃんは日中戦争で海軍の炊事班長やったらしい。浮かんでくるのは、家族の笑顔と笑い声ばかり。あっ、当時のわが家は〝五右衛門風呂〟やった。「お風呂わいたでッ早よ入り！　もったいないから」。お湯を大事に大事にしながら、家族みんなで順番に浸《つか》った。

キンチョーしまくり、島倉千代子

世界を代表する日本の経営学者、野中郁次郎先生とお会いした。『失敗の本質』『知識創造企業』のアノ野中郁次郎先生です。お昼ごはんをご一緒させていただいた。取材でお会いしてから、この日は二度目。先生、開口一番、「大﨑さん！　私はもう、KPIやROEやらと、もう飽きたぁ」と仰《おっしゃ》られた。日本が、世界が誇る経営学者のお言葉である。先《ま》ずはもう一度、ペンを持って手を動かして文字を紙に書いて、考えよう。思考しよう。パソコンは記号のやり取り。勘を鍛えよう。そんなことを野中先生は仰られた（と思う）（多分）（違うかも！）。

お昼間から赤いワインを、グイグイ、スーッと二杯飲まれた。一緒にいらした野中先生の最後のお弟子さんのあやの先生は傍《かたわ》らでニコニコ。公認会計士の中多君は絶句。そんな雰囲気のなかで、わが友ビリギャル坪田君はのたまわった。いや正確には、明るくハキハキと大きな声で発言した。「野中先生、ユーチューバーやりませんか！」……まぁバチ当たりというのは、このことやろか。二時間あまりの会食のなかで、都合四回、「ユーチューバーやりましょう！　ユーチュ

ーバー！」と。神をも恐れぬ我がツボちゃん。もちろん野中先生の一つひとつのお言葉に、四人はそれぞれ百八回は深くうなずき、沈思《ちんし》した。

おぉ～神さまぁ～　どうかどうかお許し下さい　桑原和男

後日、野中先生からあやの先生のところに連絡有り。「あの例の話、どうなっている？」「早くやろう」と、野中先生。野中先生を知らない子供たちや若い人たちに向けてユーチューバー。ただいま沈思黙考中です。

どんなんかなぁーウレシカルカル！　笑福亭仁鶴

自己紹介を忘れていました。私、生まれは大阪・堺市です。幼少のみぎりより、あほやあほやと言われて育ち、アノ吉本興業に入社。まさかの社長に。そしていまは会長に。間寛平さんからもらう年賀状にはただ一言〝かい～の〟と書いてあり、先日、西川のりおさんと京都駅のホームでバッタリ。不覚にも立ち話をしてしまい、一時間遅れで新幹線に飛び乗った。西川きよしさんからは、毎年々お年玉を頂く。

浪速《なにわ》の興行会社に入社して、漫才師やお笑い芸人のマネージャーなるものを四十数年も続けている。本社は大阪の難波《なんば》の千日前。わが『なんばグランド花月』のご近所に〝千日前レジャービル味園〟がいまもある。なんでも近頃は、裏なんば超ディープスポット〝味園ビル〟と紹介されたり、〝味園ユニバース〟がメタヴァース化するとか。メタヴァースしても、手を動かさなアカンよーと私たち老人は思っている。

私が社長に就《つ》いた十年ちょい前に上場をエイヤァ！と廃止した。六十年間、東京・大阪の証券取引所一部に上場していた。社長に着任してすぐに非上場化を目指した。そして無事に今年、創業百十年を迎えることができた。現在の社長は岡本昭彦君。私の社長時代より遥かに良い会社になったとしみじみ思う。ヒマもできたし、ささやかな夢は、全国の銭湯巡りをしたいと思ったりしてた。沼尻さんに目かくしされて、口にテープを貼られて連れて来られた『月刊Hanada』。お世話になる。

東京という町を離れたかったのかもしれない。

ちいさなことからコツコツと　西川きよし

大衆の文化や芸能や風俗やら。流行《はや》り廃《すた》りは世の中の常やけど。それぞれの時代の町や通りや路地のすみっこに、社会事象の変化とともにある。また奉仕もする。お湯に浸って今日も今日とて、ボーッとしたい。

　三十年以上もむかしだったか、初めて行った上海の町。毛沢東も通っていたというお風呂屋さん。パンパンポコポコとマッサージのおじいさんが、わが背中をリズム取って叩いてくれる。垢《あか》スリもやってもらう。まるで開高健の世界だ。まるめた世俗のアカをピンポン玉のように丸くして、私の手の平にのせてくれた。決して今風のワケわからん〝ととのう〟ではない。初夏の日本租界《そかい》やフランス租界辺りのポプラ並木を半ズボンにサンダル履きで歩きたい。路地で焼き万頭《まんじゅう》を食べながら、老人らしく意味なく徘徊《はいかい》もしたい。当時の日中文化交流も笑い声に溢《あふ》れていただろう。私の中国の老朋友《ラオポンヨウ》たちと百田さんと入浴だ。顔を真っ赤にして、目をひんむいて、右の端っこでももちろん左でもなく湯舟の真ん中で。「ぐ〜」「ゔ〜」という言葉にならない声。世界中の至る所に、ずっとずっと昔からある幸せな湯快《ゆかい》な時間。

　ことばをわすれたひととき。

ローリングストーン達

かあちゃん堪忍！ごめんちゃい
人生幸朗・生恵幸子

ふっと思い出したけど、何を隠そう私はコネ入社やった。のです。

二人の会話のやりとりだけの〝しゃべくり漫才〟を作り上げ近代漫才の父と呼ばれた「横山エンタツ・花菱アチャコ」の御両人。人気絶頂期に（多分）あくどいヨシモトの会社の方針で、それぞれが新しいコンビを組まされたのだった。〝エンタツ・アチャコ〟が〝エンタツ・エノスケ〟と〝アチャコ・今男《いまお》〟の人気コンビ二組に相成った次第。儲けを倍にしようと企んだのだ。私はこのエノスケさん、杉浦エノスケさんのおかげでヨシモトにもぐり込んだ。

私の母親が手芸を習っていて。その手芸の先生が吉本新喜劇の名優花紀京のお姉さんやった。

「うちのヒロシがガッコ出て就職なんやけど、勉強アカンし、どこぞ働き口無いやろうか？」

わが愛しい息子は付和雷同のアホ。母親もウスウスは気がついていた。とは言え、いやいやウチの息子は、やればできる子や！　と盲信していた。母→花紀京の姉→花紀京→杉浦エノスケ→最終はヨシモトの偉いさんへと、母の切なる願いは伝わっていった。なんば髙島屋の前の道。南海通りに入ると、一杯飲み屋、喫茶店、お持ち帰り専門のブタマン屋。斜向《はす》かいに〝なんば花月〟。現在の〝なんばグランド花月〟が開場するずっと前の頃。

古ぼけた演芸場、小屋である。当時は十日間ごとの芸人さんたちの出番の看板がドーンとあり、芸人さんの名前がズラーっと並んでいた。入社後の私の先輩になる山崎さんが看板の似顔絵を描いていた。クセのある手描きで——似ているような似てないような、お笑い芸人のような悪人のようなーーではあった。

超売れっ子の西川きよし・横山やすし、桂三枝、そして笑福亭仁鶴。デビュー間もない明石家さんま、オール阪神・巨人、島田紳助・松本竜介。売り出し中の間寛平と木村進。村上ショージの師匠の漫談の滝あきら、明石家さんまの師匠の笑福亭松之助。ライオンに咬まれて人気が出た桂小軽《かつらおかる》。舞台の上でヅラの髪の毛が燃えた奇術師・一陽斎蝶一《いちようさいちょういち》。のりお・よしお、B&B、ザ・ぼんち、サブロー・シローの面々。数年後に一世を風靡したあの〝漫才ブーム〟が来ることもつゆ知らず。Wヤング平川さんと、崖から飛び降り自殺した相方の軍さん。酔っぱらって死んじゃった小染さん。

軍さんや小染さんが亡くなった時、私は現場のマネージャーをしていた。Mr.オクレがいたザ・パンチャーズ、声帯模写の翠《みどり》みち代、ジャズ漫画の木川かえる、浪曲漫才、おいら兄弟の東洋朝日丸・日出丸、粋曲の三人奴。桃山こうた、音頭取りの河内家菊水丸。月亭八方、桂文珍、桂きん枝、林家小染。上方浪曲師の京山幸枝若。今いくよ・くるよ。一球・写楽。ザ・ローラーズ。宮川大助・花子。

ざわついた喫茶店で、晩年のエノスケさんは私にこう言ってくれはった。

「芸人はなぁ、アレしてくれコレしてくれと言い寄って来よる。ダマされたらアカンで気ィつけなアカンで」

学生の私はポカーンと聞いていた。コーヒーがやけに苦く濃かったのを憶えている。

楽屋や舞台袖は、ちょっぴりすえた匂いがした。食べ残しの親子丼《ドン》の臭いや消毒液やら便所の香り。芸人連中のあわただしい舞台出番と夢のあとさき。劇場の機関のオッチャン、テケツのネーチャン、モギリのオカン。お茶子《チャコ》さん。野球トバク、パチもんのローレックス。借金取りやつけ馬の若い衆。入れ墨の入った大道具さんたち。かやくごはんと混沌と悪場所。今日から私の仕事仲間。家族。

ロールオーバー・ザ・漫才

〝ステゴロ〟という俗な言い回しがある。ステは素手、ゴロはゴロツキ。定職を持たず、町をぶらぶら。漫才は何も持たず、ギターもサッカーのゴールも野球のバットも芝居のように台本も何も要らない。漫才はステゴロ。歌舞伎は四百年の歴史とか。漫才はルーツを辿れば一千二百年。

我田引水やけど。河原は古代神々の集う場所。時は流れ、河原に住む人々も居た。女を売るのが売春婦、俠《オトコ》を売るのがヤクザ者、芸を売るのが芸人と。中世から近世、そして近代社会の流れのなかで、河原の小屋が町へ出て活動写真やラジオやテレビの出現。そしてインターネットからＳＮＳへ、メタバースへ。川の流れのなかで、私たち一人ひとりの居場所も石ころみたいに転がり続ける。

ジャンコクトーは「会話はスポーツだ」と言ったけど

ずっと昔、アメリカからボウリングブームがやって来た。わがヨシモトもボウリング場経営で荒稼ぎ。ブームもやがて下火になり、華やかなボウリング場は壊され駐車場に、隅っこには小さなケイコ場だけの「よしもと芸能学院〜ＮＳＣ〜」が開校した。

――結界は張られた。

松本人志と浜田雅功がそこにいた。十八歳の二人の漫才を、その時その場所で、初めて見た。

「（あっ！）コイツら二人を連れてヨシモト辞めたら世界へ行ける、儲かる！」

三人で信濃そばの肉うどんを食べたりもしたっけな。

――そこにはすでに完成された二人の宇宙《テラ》が確実に存在していた。二人の漫才。芸と呼ぶにはあまりにも初初しく。なつかしく。アナーキーでインプロビゼーションやったな。

松本人志のとぎすまされた純な深さ。

浜田雅功の限りない受けの広さ。

平凡な非凡。

ベースには愛。

〝吉本興業創業百十周年・伝説の一日〟同じ場所。刑場から空き地からボウリング場から駐車場やNSC、そして〝なんばグランド花月〟へと変容した千日前という芸能の磁場。

そしてその舞台に二人は百十年の月日の中に立っていた。

ボケとツッコミとアウフヘーベン

野中郁次郎先生が、私に仰ってくださった言葉がある。

「大﨑さんは、動の人。動きながら感じ、考え、暗黙知を磨き、漫才のように発想する」と。

「その暗黙知を共有し、共感を得てコンセプト、すなわち形式知として事業にまとめあげていく」と。

冷や汗、赤面、真っ赤っかの至り。勇気をいただいた。

香川登志緒先生のズリ落ちて湯気にくもった丸いメガネ

「大崎くん、あんね、漫才はね、二人だけの会話で成り立つ芸やから、いついつまでも残り続けると思うん」「無くならへんねん」

「頼むなぁ……」

大阪のミナミの道頓堀川。戎橋の隅っこに心斎橋筋二丁目劇場。松本や浜田たちのためにこしらえた。そんな二丁目劇場の近くの食堂で、〝にゅうめん〟を香川登志緒先生と二人して食べた。モグモグズルズルと入れ歯パフパフ、

香川先生は、そんな風につぶやかれた。

私のささやかな人生の節目にはいつもあった。

喫茶店とうどん屋さんと食堂と。

清水湯の湯舟にどっぷり深々と潜った。

泣いたら負けや！の巻

モノの始まりみな堺

大阪の堺。銀座商店街。水練学校。三味線。私鉄。自転車。学生相撲。みな堺やさかい。

与謝野晶子が通っていた女学校に母も通っていた。父はゲタ商って呼ばれてた堺商業高校柔道部。チンチン電車（路面電車）の中で父が母に声を掛けた。「あんた、山添先生んとこの娘さんか？」（母は校長先生の娘やった）。ヒッカケよった父。歴代天皇の名を唱和していた時代。男女七歳にして席を同じうせずの時代やのにね。

深清のあなご鮨、八百源の肉桂《にっき》餅、小嶋屋の芥子《けし》餅、それにそれに、かん袋のくるみ餅。

わび茶の祖、千利休が生まれた所。利休さんの先生が武野紹鷗《じょうおう》。高校二年になっても落ち着きのない我が息子をナントカ、普通の子になりますようにとお寺さんで古流という流派の茶道を習わされていた（未だにその気配無く）。正座。近くに海水を引っぱってきた銭湯があった。その名も、そのまんまやんけ「潮湯」。

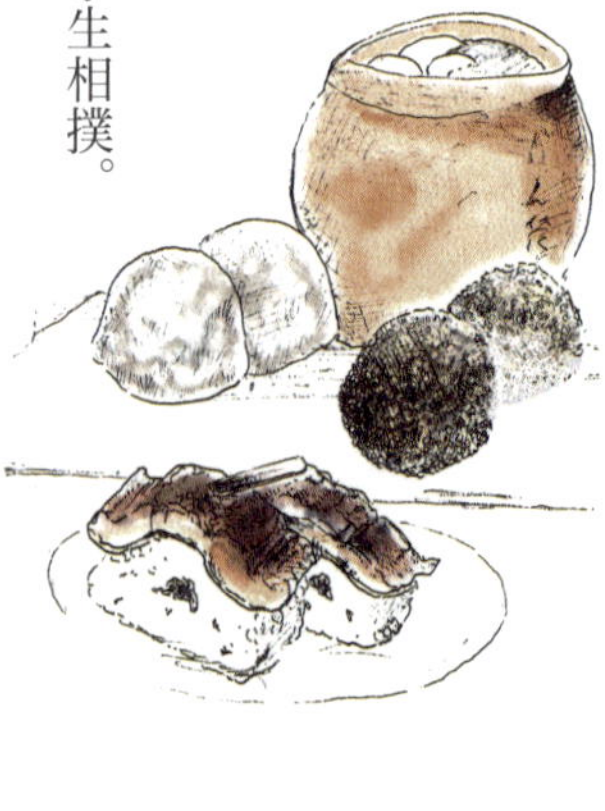

潮湯にひとりジッとつかったら、青いりんごが海に浮かんでた。泣いたらアカン。

スワロウテイル

ドジ井坂さん、日本のプロサーファーの草分けの人。私が初めて買ったサーフボードは（ほぼパクったのは）、コスミックのスティンガースワロウテイル。十九才。何も知らなかった。何も恐くなかった。将来の事なんかちいっとも考えてなかった。みんな。その時分、波が無い時は長〜い坂を見つけてはスケートボードで遊んでた。ゆっくり腰を落としてきれいなターン、スラローム。いつもと違った景色と日常。ちょっと時間も止まる。長い髪が風にそよぐ世界へ。今日よりあしたがずっと幸せになるんや。みうらじゅんが言うところの『カリフォルニアの青いバカ』。

なんなとしゃべらなオモロない

我が堺も大阪も日本も下り坂やん。どうかこの坂道がなだらかに続きますように。なだらかな下り坂は気持ちがいいもんや。今まで気づかなかったモノが見えてくる。深呼吸。

ハナシ変わるけど、月刊『Hanada』は漫才で言えば、ツッコミやね。ツッコミの執筆者たちが世間へのツッコミの記事を書いている。全員ツッコミ。こういう時代は、ボケがオイシイんや。なので私はボケです。

ぼちぼち行こか

幼い頃、朝ごはんはいつも茶粥。グツグツ煮立ったお湯の中に残った冷やご飯と、粉のほうじ茶を木綿の小さな巾着袋に入れてポイっと放り込む。夏には冷やして、泉州名産の水ナスとイッキにシャワシャワ口の中にかき込む。秋には、ひね漬けのキュウリやナスに土生姜をまぜてワシワシ食べる。冬は、アッツアツの茶粥。年越し近くになれば、えび餅を焼いて茶粥の中へジュッとフウフウしながらハフハフ食べる。春になれば！　冷やごはんをお茶碗に少し入れてその上からアツアツの茶粥をかける。なんともこれがまたおいしい。家族みんなでオイシイネおいしいね。

おじいちゃんもおばあちゃんもおとうちゃんもおかあちゃんもみんな死んだ。

有吉佐和子さんの『恍惚の人』が駅前の小さな本屋さんに並んでいた頃。「今のうちに読んどかな、読めなくなるし」「みんな今んとこ元気やからな」（笑）。と姉。家族みんなが読み終わった頃。

おじいちゃんとおばあちゃんは、じきに二人して恍惚の人になった。二年間、母は家から一歩も出ずに介護した。おしめ替え、ナンデカおじいちゃんとおばあちゃん二人して、ポカポカと殴り合ったり。かと思うと、おばあちゃんが「夜され（夜中）目が覚める度に隣りに寝てるおじいちゃんの口元に手をやって、息をしてるか確かめてた」と。おじいちゃんも同じ事を言ってた。

日頃、仕事忙しい（とかイッチョマエ言って）実家に電話する事なんてなかった。そんなある日、伊丹空港から羽田空港に到着してモノレールで浜松町駅へ。TV局に行かなくちゃとダッシュしていると、わき目に入って来たピンクの公衆電話。血が呼んだのかなぜかダイヤル回してた。「お父ちゃん、すい臓ガンやて！」「ホンマの今、入院しはった！」大阪にトンボ返り。病室に飛び込んだ。お通夜もお葬式も、私は泣かなかった。

父が亡くなって、しばらく一年経った冬の夜。母が作ってくれた茶粥を食べていた。「おとうちゃん、死んでしもうたな」。掘りごたつの中で母と二人でポツンとつぶやいた。熱い涙がバァーと出て泣きながら涙と一緒に茶粥をワーワーかき込んだ。塩味やった。

我が家の玄関先に父が着ていた柔道着が、おまじないのようにチンチン電車の愛の結晶のように吊ってあった。

君死にたもうことなかれ

母が死んでから何年もずうっとずうっとその現実を受け入れられなかった。どうしようもなくずっと心の中で泣いていた。アメリカから来た太った黒人の霊感師のおばちゃんに出会った。若い母が幼稚園の先生をしていた頃の、角が丸い小さな名刺をそのおばちゃんの大きな手の中に渡した。――「あなたのお母様は天使になられました」と。「そうやん！そらそうやん、そうやんなッ」「おかあちゃんは天使になったんや！」泣いてすがった黒人のおばちゃんに。

そんなこんなを今もフト思い出す。坂道でひとり石を蹴ってる自分を、もうひとりの自分が眺めてる。子供に戻りたい。小三や！

うち、あんた好っきゃ

大阪人にも、含羞《がんしゅう》はある。大阪弁は論理的やないとか、恐いとか言われたりする。助詞をちょくちょく省略してしまう大阪弁やけど、その方が言いたい事が素直に伝わる。相手との距離感が他所《よそ》とは違うんやろうか。

高級レストランで高いええモン食べたらそら旨いけど、茶粥もおいしいで。大事なんは何を食べてもおいしいと感じる、心。

振りむいても見えず坂の上の雲

佐藤幹夫さんとビレがこの間、インドの南の方へ行って来た。

幹夫さんはＮＨＫを定年退職した東大出た日本を代表する演出家。かしこ。「秀吉」「太平記」「純ちゃんの応援歌」「坂の上の雲」等々。

ビレのフルネームは、〝ホンダアッチパタベディゲビレンドラジャヤティラカ。吉本入社六年目。セイロン茶の国からやって来た。幹夫さんのライフワーク、シルクロード、アジアの愉悦、伎楽。ロケハン行き。

上り坂、登り坂、青春のアジアからやって来た若いビレ君、そして幹夫さん、コリャ珍道中。

ゆっくりゆっくり坂道で新しい春を見つけよう。

アナログの古き良き暮らしぶりを気づかせてくれるのが、若いこれからのデジタルちゃうやろか。デジタルはアナログの為にある。

島らっきょうと散華

ねんねんさいさい

黄身トロ〜リの半熟たまご。おぉ〜ッ、若い頃は自分でもチョッピリ誇らしいほどのゆで玉子が毎朝作れてた。近頃どうも茹で過ぎてしまう。グツグツと沸いているお湯から、たまごを取り出す加減がズレてきた。つい慎重に煮抜いてしまう。加減と加齢がチトむずかしくなった。人生の按配は半熟からニヌキタマゴへ（深いイミなし）。

さいさいねんねん　ひとおなじからず

そういえば、シャチョーからカイチョーになって早や三年。近頃は私より年長の先輩・大先輩とお会いする機会がうんと増えた。

詩人の谷川俊太郎さん。経営学者の野中郁次郎先生。音楽やアートのプロデューサーの立川直樹さん。クリエイティブディレクターの杉山恒太郎さん。都市・地域再生プロデューサーの清水義次さん。考古学者でベンチャーキャピタリストの原丈人さん。

お会いして、お話をずっと聞いている。ずーっと飽きない。それが楽しい楽しみ。ひとりでテンションが上がっているのが分かる。(あのヨシモトの)大﨑なので、詩とは！経営とは！美とは！人生とは！——とかじゃ無くて、雑談。

ただただ雑談、拝聴。

月夜と米の飯と先輩と。

ねんねんさいさい　はなあいにたり

予約の取り方すら分からないお店。「胃袋」。亜熱帯の濃密な時間とその空間。沖縄野菜のいくつかのお皿とスープをいただく。

島かぼちゃ。フーチバ。ニガナ。カンダバー。うりずん豆。ハンダマ。冷たい月桃のお茶とその小さな白い花。それのひとつひとつがハートの形。

西方の遠い国から運ばれてくる匂い。風。偏西からファーイーストへ。動物や魚や生き物やらの死骸の匂い。花や草や野菜や果実の匂い。命と生活の匂い。

酸いも甘いもみんなひっくるめて、背負って、引きずり、飲み込んで、吐き捨てて。また手繰り寄せ。

ふっと過《よぎ》る。アレレ、オレは何をやってるんやろうか？このトシになってどこに向かってる？若い者《モン》のジャマになってもイカんな。

ずっと昔、今年のように早く夏が来て酷く暑かった夏。夕暮れ時。小学三年生の私とおばあちゃんとで、冷やっこい茶がゆと瓜のお漬け物《モン》を食べていた。そこにおじいちゃんが、ふうふうと息を吐きながら、にこにこやって来た。庭の日差しは強くて、茶の間は薄暗かった。

おばあちゃんが突然、強い口調でおじいちゃんに言った。「若い子の前で年寄りのキタナイハダカを見せるもんやないで！」。確かにおじいちゃんは、ステテコの上はハダカやった。首に手拭い巻いてたけど。

おばあちゃんに怒られたおじいちゃんは、小学生みたいにションボリ。「あんたら二人とも早よ食べ」

肩に手拭いかけてるけど、おばあちゃんもほとんどハダカやった。

でも、一番風呂はおじいちゃん。

西からやって来た太陽も、長い旅で赤くなっている。夕陽とおじいちゃんと、おっこられたぁ―。当分は、雲の名前と風の名前をいっぱい知ってるジイちゃんになろうか。先輩はたくさん居てはるし。滋養・強壮と茜雲。

ねんねんさいさい　老々呆け々

よおうし書けた！今回はナンダカ早く書き上げたなぁ。ニコニコ。沼尻副編集長に早速原稿をメール。必ず当日中に沼尻副編からいつもの長文の感想メール。私の原稿より長い（汗）。私へのうっすら当てつけだと思慮。長～いヨイショの歯の浮くような、ありがたい感想文。そうして最後のところにこう書かれてあった。――以下。

一点、文字数がどうしてもやや少なく、なんとかあと三枚（千二百文字）はお書き頂ければ幸いでございます。ご多忙のところ大変申し訳ございません。本当に素晴らしいので、是非ともご加筆をお願いできれば幸甚に存じます。（できましたら明日の六日までに頂けますと幸いでございます）誠に申し訳ありません。ご検討の程、何卒よろしくお願い致します。――まぁ。ご丁寧とゆうか、慇懃無礼者！とはこの事か。なにが幸甚に存じます、じゃ！早いハナシが、枚数足らんがな、さっさと早く書け、このバカヤロウ！――ということである。ゲェ～汗、そうかぁ、ナンカ今回はいつもより早く書けたぁシメシメ、と思ってた。なんの事はない、四百字詰原稿用紙×七枚を、何を思ったか二百字詰原稿用紙×七枚で送っていた。新幹線で東京↕新大阪の片道で書いていた。いつもは往路で書いて、翌日の復路で読み返し、文字を足したり引いたり、分からん漢字をヤフー検索したり。ふむヤバイ、まだ半分しか書けてないという事やん。

リアリズムの視点から、おぉ琉球

高良倉吉先生の事。

高良先生が、「日経新聞」の交遊抄に寄稿された。――大﨑さんは「沖縄で仕事をするとアジアが見えてくる」と言う。沖縄の原点を気付かせてくれるその言葉が、本当にうれしかった――と。

琉球史家、文学者にして琉球大学の名誉教授。首里城再建、再々建。沖縄のすべての歴史の風景を語り、見せてくださる先生。六〇年代の全共闘の闘士の佐々木社長からご紹介をいただいて、かれこれ親交は十数年になる。仲井眞知事時代には副知事もなされた。当時、仲井眞さんが、「大﨑さん、私よりこの人（高良さん）の方がずっと沖縄の事に詳しい。この人が（知事を）やればいいんだ」と仰った。でも高良先生は政治家には向いてないです（もちろんホメコトバ）。

高良先生はオリオンビールが似合う。

そんなある日、「大﨑さん、いつか久高島に一緒に行こう」。泡盛の芳醇な匂いをさせながら先生はポツンと私につぶやかれた。久高島は琉球の聖地である。海の彼方にある神々の島へと向かう。ニライカナイという世界観、コスモロジー。

いつしか時は流れ、先生と一緒に久高島へ。

もちろん船で渡った。書家の紫舟さん、よしもとの沖縄文社長の和泉かなさん、我が愚息のフミ。フミはこの後、沖縄に移住しちゃった。

先生に連れられて、島内の拝み所《ウガンショ》、殿《トウン》、御嶽《ウタキ》を巡った。淡々とした先生の一つひとつの言葉。そぞろ歩いた久高の小径。ひっそりとした島時間の中でボクは方角を見失い、波音の中にへたり込んだ。霊魂・マブイを落としたのかもしれない。迷い込んだだけかもしれない。

遊び庭《アシビナー》で、も少しだけ踊ってみようか歌ってみようか。南の島の名前をみんなで憶えて先生にホメてもらおうか。現在のリアリズムの中で沖縄問題を今一度考えてみようか。海洋アジア。中華が名付けた〝琉球〟という国。

さみしいボッチを伝えたい

ボソボソが性《しょう》にあってるねん

入社したての間もない頃、いつも。夜中にマネージャーの現場仕事が終わったら大阪駅の一番線のホームの端《はし》っこに座ってた。駅弁とレトロなフタ付きポリ茶瓶を抱えてボソボソと冷めたお弁当を食べていた。その頃の私の唯一の楽しみやった。今日も今日とて、と言うか今晩もまた駅のベンチに座ってた。そんな夜中に突然起きた。事件。か事故か。

四代目林家小染。小染さんがイチナナイチで交通事故に遭った。毎日放送の番組「ヤングおー！おー！」の〝パンダ〟という売れっ子落語家のチームの一人でもあった。八方・きん枝・小染・文珍。箕面の病院に後輩の谷くん泉くんと駆けつけた。一週間ほどして脳死が始まった。いつもの冬より雪がたくさん降り積もった朝に亡くなった。死んでしもうた小染さん。小染さんは仕事が終わると大阪駅から夜汽車に、一人乗る。夜行の窓から見える小さな家の灯りやたそがれた山の黒い稜線や一番星を酒の肴《アテ》にして日本海へと向う。夜半に列車を乗り換えて再び大阪へ戻

る、朝方。酔いつぶれた小染さんを夜中に山陰本線のいくつもの駅に何度も迎えに行ったナ。和田山駅、竹野駅、岩美駅、鈍色の日本海。その日の朝の仕事の為に用意したセーターとジャンパーを持って、早朝の大阪駅のホームの端《はし》っこで手とり足とりして着替えさす。まったりとした口調の高座。大ネタの〝らくだ〟も演《や》った小染さん。ここぞの不世出の人。冬の国道171号線の明るいヘッドライトに自ら飛び込んだのかも知れないと、今想う。小染さんさみしかったんやないか。芸人さんのマネージャーって何《ナン》なんやろう。置き去りにした笑顔。

ダウンとタウン

今日、久しぶりに松本くんと浜田くんに会って来た。とゆうか顔を見に行っただけ。それぞれ楽屋で松本くんと四分程、浜田くんとは二分位か。私はひとり勝手に満足してテレビスタジオを出た。二人ともマァ変わらず元気やった。二人は共に五十九才、私は六十九才。それぞれ思うトコ有り想うコト有り。あんなに大勢のスタッフに囲まれて良かった、と独りごちる。

人は人と人と人とのふれ合いが無ければ、孤独は増す。あたたかな接触が断たれ、情報が入ったり出たりしないとすべての感覚は落ち体内時計も止まる。たくさんの人たちの中のひとりボッチもある。

潮の流れと空の流れ

ハタチの頃、毎日のように通った道がある。伊勢の安乗《あのり》の海。バイトをしては、ガソリン代を稼ぎ時速六十㎞で走った。なんでも六十㎞で走るのが一番燃費が良かった。下りの坂道になればニュートラルに放り込む、節約。無謀。その頃は海にテトラポッドも無く、遠い水平線からきれいな波がセットで入って来ていた。ボロボロのサーフボードを修理しながら砂浜で疲れ果て。ずーっとボーっとボケーっとしてた。老人になってもこんな風に過ごせたらと思ってた。——呆ける楽しさ舞う花びらを追いかける——（作者失念、ご無礼）そんな青春のけだるさと同級生の女の子と。今はおじいさんとおばあさんと波と夢の間《ま》に間《ま》に。

安乗の海は突然に！
ラブストーリーは突然にのパクリやけど

ハタチの夏と秋冬春。安乗の海で漠然と感じていたひとりボッチ。働くのイヤやなぁ。何《ナン》の取り柄も無いヤツが世の中に社会に出ても役に立たんやろな。みんなと上手くやっていけるんやろか。

多気町、農業をするにはひと一倍苦労しそうな土地。訪ねて行った。山中哲男くんが誘ってくれた。三十才も年下の子に「うん、連れてって」と。そこには若き農業法人〝ポモナファーム〟の豊永翔平くんがいた。なんでも海水を四倍に希釈して、人工培地シートを発明してトマトや苺やらを栽培している。旨いびっくりするほど旨い。都会のビルでも砂漠でも色んな野菜が育つ。少量の水、かつ無排水。農作業も楽ちんじゃ、老人の私にも出来る。これなら様々な障害を持つ人たちも一緒に働ける。

植物はストレスを感じると甘みを強くするんだそう。さみしい想いもあったりして。人間と同じやん。友達になった豊永くんとふるさとの町の再生チャレンジをしている東山迪也くんと宮澤大樹くんは苺づくり。年中収穫おいしいかわいい苺。

ポモナファーム見学を終えて、町や村や畑をウロウロ。「おぉさきさぁーん！こっちこっち！」と東山くん。手を挙げてオイデオイデをしている東山くんの方へ、走る。足もつれる、ほとんど走れてないけど（ひとり苦笑）。

えーッ、うわぁぁー、海やん、海やんか。イキナリの海。知ってるわココ。安乗の海やん。五十年振りに目の前に大きなカーヴのビーチとどこまでも続く遠浅の白いスープの海。

五十年前の私

ひとりボッチがやりきれなくて。

スティービー・ワンダーと河内音頭を聞きながら、伊勢自動車道。ずっと不安が心の中に居残ってた。

世の中という底知れない大海原は、学校のプールとは違うよな。

そんな幼い不安な気持ちで、海に向かって立っていた。

海は塩《しょ》っぱいし、コースロープが張ってあるプールとは違うんや。急に深くなったり、足を取られたり、予想をはるかに超えた大きな波の洗礼を受けたり巻き込まれたり。海の底にぐるんぐるん叩きつけられたり。

さっきまでやさしかった海。さっきまでやさしかったのに。突然冷たくなる海や人。中学時代は水泳部やったのに平泳ぎじゃないクロールじゃない。ただただもがいてた私。

星から生まれ星になると、タイチくんは言った

坪ちゃんとやっている京都のラジオ。今日のゲストはタイチくん。世界中を毎日ずっと旅をして、

なぜか東京に今日はいた。めっけた。三人でワイワイしゃべって、タイチくんが「個人で人工衛星を飛ばせるんだって！」と教えてくれた。遺骨を宇宙に飛ばして星になるんだ、天使になるんや、環境にもイイ、アメリカも火葬したり近頃はやってるからマーケットは広がる。日本の葬儀市場は二兆円を超える、中国も海洋葬儀が少しずつ一般的に、くちぐちに三人がワイワイ。

小型人工衛星のキューブサットで宇宙葬。朝に起きたら青い大空を、夜には星空を見上げれば、いつも愛するあの人を感じられる。ひとりボッチじゃないんや。いつでも祈れる。変容する人生観。波の中、人波の中、人々の波の中、星々の中。コトバにならない浮遊感。もう私達は死に向かって走らなくてもエエんや。

宇宙を超えた『セカイ』は神より大きい。

今回の原稿は新幹線の中じゃなく、会社の机で書いた。途中で牛丼とみそ汁のテイクアウト。紅ショウガたくさん。沼尻副編集長に牛丼カットの写メを送る。すぐさま沼尻さんから返信写メ。コンビニめしやん。沼尻さんも残業だったみたいだッ。〆切りが近いのか、猫の本が売れて忙しいのか。えーっと、ふむふむ、ふんわりくちどけメロンパン、関西風肉うどん熱湯四分、野菜生活一食分の野菜使用。健康に気をつかってるのか、つかってないのか、やれやれ。

ひとりボッチも繋がるね。

第2章

心から大笑いする日はいつなんだろうか

坐るとこ・腰かけるとこ・笑うとこ

本日、祝日お休み。朝の八時過ぎにボ〜ッと起床。タバコの四、五本も吸って、机の上に転がっているチビッたエンピツを指先で突っついたり。煙をふう〜。世界中の憂うつは、誰が連れてくるのやら。あくびと涙はどこからやってきた？

本日ヤル気なし。ジャーン。

まぁ、このトシになってくると気分が良い朝なんて滅多に来ないか。それでも秋声を感じる朝は心機一転。ヨシッ！とデングリガエル。チビッコエンピツたちをジャケットのポケットに放り込んで会社へ。少しずつうれしい気持ちがマシマシに。会議の時に、チビッコたちでチョロチョロとメモる。チビッて転がる人生もまたうれしい。

ズブの素人ながら、原稿の文章を書くことが、こんなに楽しいとは知らなかった。年老いて自己発見やん。思いついた言葉を訥々《とつとつ》とチビッコたちとマス埋めごっこ。でも校正の方は大変だと思う。文法はメチャメチャ、句読点もカギカッコもよくわからん。いつかごあいさつに行かなければ。これからは平易な文章を簡潔にわかりやすくをモットーに致します。ゴメンナサイモウシアゲマス。

銭湯のけむりとお月さま

年に四、五回は金沢の町を散歩している。目指すは町はずれの銭湯『大和温泉』。地元のおじいちゃんやおばあちゃん達に交じって、サウナと水風呂ドブーンと熱い黒いお風呂。行ったり来たりくり返し、そのまま所在なく坐り込む。サウナに入る時は、地元の先輩のおじいさん方に軽く会釈をするとはなしにナントナク。ここでは私は若手のよそ者。顔なじみのよくしゃべるおじいちゃんが腰かけてた。少し吃音でかつ金沢弁だ。サウナの中で少しずつ温まって慣れてくると、おしゃべりの内容が分かってくる。まわりのおじいちゃん達と一緒になって、私も笑ったり、しみじみとうなずいたり、自慢話にオーッと声を出して驚いてみせたり。隅っこのそんな私を見つけて、「おあんさんどこけぇ?」「そこは特等席や、ええとこ坐っとるなぁ」と。私はあわてて席を譲ろうとした。「いやぁ、その場所が、おあんさんに似合っとる」「あんやてねー」。声を掛けてもらったコトのうれしさ。不思議な気持ちコンコロモチ。

黒湯の大和温泉に行く前に立ち寄るお店がある。金沢・近江町

市場のすぐそばの路地にある『大國鮨』。年季の入ったおやじさんと奥さん。二千二百円のコースと三千三百円のコースの二つのみ。私はいつも見栄を張って三千三百円のコースを注文する。旨い。一貫ずつ握る小ぶりの所作。眺めるでもなく、ながめるでもなく。ひと任せの良い加減の心持ち。

ノドグロ・ガスエビ・ウマヅラハギ・ガンド。「おやじさん、このガンドって何《ナン》の魚やった?」「おかあさん、このフクラギっておいしいね、何《ナン》の魚やった?」「これブリ?」。毎回聞いてもまた忘れてしまう。あまりにもおいしい幸せな気分に包まれて、魚の名前は憶えていない。出世魚で、コゾクラ→フクラギ→ガンド→ブリと名前が変わるとか。そっか!新入社員→係長→課長心得→課長→部長――。さしずめ今の私は会長だから、出汁の染みた〝ブリのアラ煮〟か。

こんな風に過ぎてゆくのなら。

八《はち》しげの「しっちょうめ」やら

金沢は町の中に二つの川が流れている。犀川と浅野川、室生犀星と泉鏡花、おとこ川とおんな川。つっかえつっかえの銭湯からの帰り道。灯ともし頃。くらがり坂をおりれば、そこは主計町《かずえまち》。日常から遊びへの坂道。浅野川に沿って、Bar『彩賀』がある。二階の窓辺に腰かければ、浅野川の向こうに『くわな湯』が見える。近江町市場でいつものように買った〝あんころ餅〟とコーヒーとタバコを四、五本吸う。夜までの昼のお店を切り盛りしているのは、妹の若葉ちゃん。農業が大好き。若葉ちゃんに、いつものおすそわけ。ナンダカたどたどしい和みのうれしさ。浅野川に架かっている橋の一つや二つを渡ってみる。友人の#FR2・石川涼くんのお店がこんな橋のたもとにもあった。ブランドのウサギのロゴマークが、くもり空の木造の町並みに妙に似合っている。

Tシャツを買って、『くわな湯』の川べりの長イスで、ひとりこっそり着替える。NO SNS、とプリントされていた。

またぞろふらつけば、『こばし湯』だ。いっとうかわいい銭湯。左手に持ったタオルをブルンブルン振りまわしながら銭湯ハシゴ。

ひがし茶屋街に一歩踏み入れた時、雷が鳴った。梅ノ橋の方角だ。

伝統と前衛の京の町も好きだけど。金沢の町には生活の芯がある。習俗があり共同体がある。俯きかげんのなつかしさ。

金沢の町にもうしばらく通おう。冬の初めのカミナリ様とゆっくり歩調を合わせて、らぶゆ〜銭湯。寒ブリを喰おう。〝鰤起こし〟の頃。

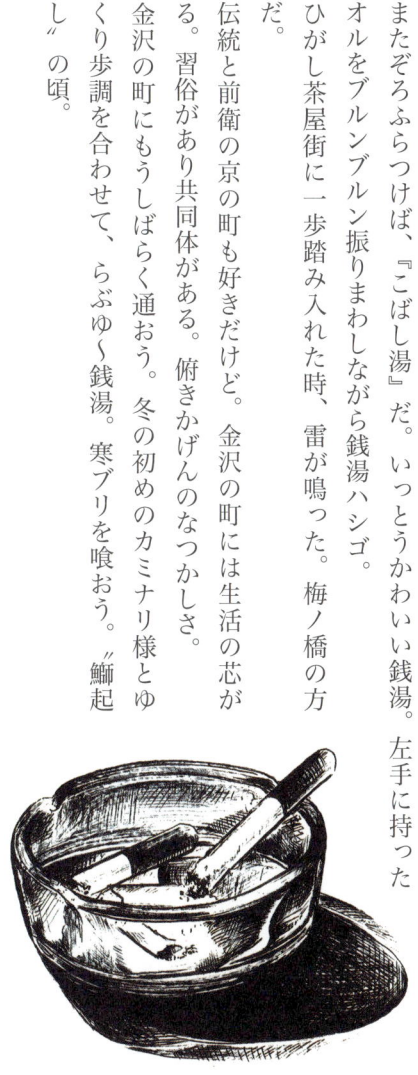

金沢でデンして京都の町へ

今年は大雪だって。京都で井上雪を読んで金沢で富岡多恵子を読んで大阪で渚ゆう子の京都慕情を歌ってやろうかと。

そういえば、大國鮨さんの奥に紺地の小さなのれんがかかっていた。贈・吉永小百合って書いてあった。エッ！　キューポラのある街の昭和の子供たちを思い出す。

そういえば、ナンデカ最近、口ずさむ唄がある。

♫おりがみつつみ木もかったづけてぇー

♫おっ帰りおしたくでっきましたぁー

♫先ェんせいぃ！

♫さぁーよならあ！

♫まったぁまた、あ・し・た！

言葉をしゃべり出した頃。みんなで大きなお口を開けて歌った頃。みんなで次から次へと伝染して大きな声で泣きじゃくった頃。ケロケロと笑いあったりした頃。

人は死ぬ間際に今までの人生の断片が、楽しかったコトうれしかったコト、カラコロと走馬灯の中フィルムのように胸のうちを巡ってゆく。私にもかすかに美しいカケラはあった。

それぞれの居場所。お遊戯をしていた頃。新入社員で駆けずり回っていた頃。積み木、たくさんの芸人さん達のスケジュール帳。そして今は、チビッたエンペツ。まちがい、エンピツ。大阪ではこれをイチビリ、と言う。

まわれ走馬灯。チビッても、もっとまわれ。チビッてしもうたけど、それはそれでそこそこの、それぞれの居場所。

おっちょこちょいのちょい

おっ・ちょこ・ちょい。

ちょこちょこ動き回って、ちょいと単純。

浮薄、粗忽、お調子者、三日坊主、先走り、ケアレスミス、生意気、早合点、迂闊、慌てん坊、間抜け。早いハナシが、何事につけ落ち着いて考えなくて軽々しく行動する人。――つまりワ・タ・ク・シ。

三国丘小学校、一年四組。「お父さん、家の中を片づけていたら、お父さんの子供の時の通知簿を見つけたよ。会社に送っておいたよ」。長男からダンボール箱がいくつも届いた。境先生という優しい女の先生だった。――もう少し落ち着いて机に向かえたら、成績はすぐに上がります。試験をしても誰よりも早く一番に仕上げますが、間違いが多いです。授業中も先生のお話をキチンと最後までよく聞かずに、「せんせい！ハイ！ハイ！ハイ！」と手を上げてくれます。授業中も試験の時も、教室中をウロウロしますね。
なんとまぁ、これって六十二年後六十九才の現在の私そのまんま。「そうですそうです。これ

今の大崎さんです！」と全社員が口を揃えて指摘するだろう。――かすかな記憶に重ねても人は変わらん、時代は変わる。

オッチョコチョイの歴史は古い。（ハハァ）一八〇九年の滑稽本『浮世風呂』に登場している。いつの世も庶民は笑いと湯が好きなんやな。一八二八年には〝おっちょこちょい節〟というのが流行ったらしい。幕末から明治の頃にも再び現れた。ユーチューブで〝おっちょこちょい節〟と入力すると、三味線を持った芸妓さんお二人が、緋毛せんにちょこんと坐って陽気な節回しでチントンシャン。俗謡ではある。京都・室町三条にある〝細辻伊兵衛美術館〟にも、おっちょこちょいの手拭いがある。日本最古の綿布商・永楽屋の十世一九〇五年頃の作品で無上のかわいらしさ。

読み込んだ二冊の詩集

どうやらおっちょこちょいは世界中にいるらしい。イポルトガル、フランス。それぞれのお国言葉でなんて言のかしらね。中国や韓国にも。

さすがに大統領とか首相とか主席とか、そんなエライ人には、

おっちょこちょいはおらんのやろね。

そんなおっちょこちょいの私が二十才の頃、読み込んだ詩集が二冊あった。伊勢の海で疲れ果てて潮風に吹かれながら、シワシワの指でページをめくっていた。

富岡多恵子『カリスマのカシの木』。もう一冊は、金《キム》芝《ジ》河《ハ》『金芝河詩集』。

どちらも神戸三宮の高架下の古本屋さんで買った。三年後に、花隈の今度は古道具屋さんで、富岡多恵子さんのＬＰアルバム『物語のようにふるさとは遠い』を見つけた。このアルバムは多分、盗品の横流しのようだった気がする。だって高架下の薄明りに一枚ポツンと怪しげに置かれていたもん。

そんなこんなを想い出しながら、有明アリーナにＪＯ１のライブに行く。韓国のＣＪエンタテイメントと吉本興業のジョイントベンチャー〝ラポネ〟所属のアイドルグループである。メンバー十一人。社長は、チェ・シンファ君。もうかれこれ二十五年以上の付き合いになろうか。ラポネの意味は Laugh & Peace。そう、ヨシモトのブランドというかテーマの一つである。

高架下を日がな一日何度も往復していた、あのハタチの頃。大人になっても好きな音楽を聴いて、好きな詩を読んで、ファッションにも興味を失わずにそんな大人になるんだ、ずっと強く思っていた。長く伸びた髪も切らず、感覚と感性だけで生きてやるんだ。

「お母ちゃん、オレ働くわ。就職するわ」とアホな息子は母に告げた。出会いがしらのようにヨシモトに入社。ナンデカずっと働きっぱなしで、気がつけばアレヨ老人。若いアイドルのステージを目の前にしても感動が湧いてこない。振り付けも楽曲のアレンジも詞の意味さえも、ナンニモ分からなくなっていた。この子供達は朝チャントごはんを食べているのかな、とか。親御さんに手紙を書いたり電話したりしているんかなぁ、とか。休みはチャント取れてるんか、とか。リハーサル中に怪我せんようにね、とか。

韓国の世界的アイドルグループ〝ＢＴＳ〟が兵役に行くニュースが流れていた。自ら進んで入隊するのだと。

朴正熙《パクチョンヒ》時代の軍事政権下で、民主化運動の英雄であり叙情詩人でもあった、キム・ジハ。民主化への弾圧の抗議運動のさ中、若き韓国の幼さが残る学生達の自死や焼身自殺が相次いでいた。ソウルやハングル溢れる地方の町や村。そしてふるさとの親達は何を想い願っていただろうか。若者達に命を捨てること無く、生きて生きて新しい社会を世の中を目指せと説いた詩人キム・ジハ。

強い意志でひとり夜中につぶやき、詩を綴る若者達がもうじき現れるだろう。韓国で北朝鮮で中国でロシアでそして日本で。ヒップホップやラップやユーチューブやティックトックやらを超えて、密やかにひとり浜辺で、ひとり暗い部屋の中で、ひとり駅のプラットホームの片隅で。書きなぐれ、サバサバと詩を。

漢江《ハンガン》の奇跡を成し遂げた、パク・チョンヒ元大統領の娘で第十八代大統領のパク・クネさん。その妹のパク・クンリョンさんと日本や韓国で食事を共にした事があった。彼女が幼い小学生の頃、居間には月刊『文藝春秋』が揃えてあったそうだ。家族みんなで読んでいたと。それでも反日の姿勢を鮮明にしないと国民には受け入れてもらえないのだと彼女は静かに声を落とした。来日しても街角の小さなビジネスホテルに宿泊し、質素な食事を好んでいた。それから数年後、クンリョンさんが大統領選に出馬するとの記事を見た。遠いむかしのような気もする。彼女は今どうしているのだろう。Laugh はナンセンスかポイズンか。そして Peace は 平和か無常か。

「パシフィックゥホテル・へ・ガ・チュセヨ」

ソウルの金浦空港に着けば、いつもの初めの言葉。「パシフィックホテルへ行ってください」。

ソウル明洞《ミョンドン》の古いホテル。サウナに真っしぐらで駆け込む。チェ・シンファと、イ・ソニアと。お〜っとその前に、ホテルの向かい角にある少し傾いたお店で参鶏湯《サムゲタン》を注文する。角が丸くなった階段を小走りでヒョイヒョイと駆け上る。私の顔を見るなりオモニは、歪《いびつ》になったアルミの灰皿を置いてくれる。火がついたタバコを左手の指先に挟みながらサムゲタンをふうふう。

こんな風に変わらず、四十数年。友人ヤン・イクチュンに会いに行くとしよう。『息もできない』。

あるコトないコト気を失うコト

十一月は霜月。霜が降りる頃。

シモフリ肉も！。だって十一月二十九日はイイニクの日。

秋と冬の境い目移ろう。近ごろは季節の移り変わりもナンダカ心がわりのよう。


日本国が日本たる所以は、めぐる季節にある。

家電で負け、半導体で負け、ドラマで負け、ＡＩで負け。

それでも、日本ダイスキが世界中からやって来る。何があなたをそんなに日本好きにさせるんやろか。チマチマとほほえましい私達の暮らしぶり。箱庭、幕の内弁当、神社仏閣、宮大工の木組み、強靭な和紙、むかし話とおとぎ話のようなかわいいコンビニのお菓子たち。

そんなにＩ・ＬＯＶＥ・ＮＩＰＰＯＮなら日本語を修得してよ。日本語がしゃべれたら世界一オモロイ日本の漫才が分かるようになる。ヘンなガイジンの変な日本語のダジャレなんか恥ずかしくって言えなくなるよ。

霜月某日。

京都は西本願寺、通称「お西さん」にお参りに行って来た。新しく執行長が着任され、ごあいさつ。浄土真宗本願寺派の本山である。国宝の「北能舞台」、重文の「南能舞台」がある。「京都国際映画祭」でお世話になりっぱなしだ。そして目指すは、国宝「飛雲閣」。飛雲閣から渡り廊下を西へ歩いて、重文「黄鶴台」へ。そこを降りるとなんとまぁ、浴室がある。「らぶゆ～蒸風呂」と「らぶゆ～鉄釜」やん。部屋の中にもう一つ部屋がある感じ。大きな鉄釜の上に板をのせて蒸風呂にしてある。

漆黒の京の夜、豊臣秀吉も月に照らされながら小舟に乗ってサウナに通っていたのかしらん。お宝の山。マネタイズの山々である。お寺さんでお西さんで金儲けの話なんて、とんでもない。時代は変わる。月も日も時も流れてＮＦＴ。


霜月某日。

上海蟹をたらふく食べたッ。「蟹王府」に予約の電話をした。すると急京ダックを食べたくなって「北京ダックも食べたいデス！」と明るく伝える。「当店は上海料理でございます。北京ダックはございません」とやんわり。そりゃごもっとも。当日お店に入るなり、「上海ダックはあるんか!?」と叫んでやった。店長以下全員、苦笑の巻。

上海の仏租界、石门二路にある「卡徳池」というサウナによく通った。花園飯店《ガーデンホテル》から車で十分も走ればたどり着く。当時は赤い小さなホコリまみれの軽自動車タクシーだった。弄堂《ロンタン》という路地の古びたビルの階段を上がる。アカスリと背中をポンポンポンポンとリズムを刻んで叩いてくれた老人が居た。一九二〇年代一九三〇年代の杜月笙や張嘯林・黄金栄の上海暗黒街三大ボスの面々。汗と共に時は流れて、スッポンポンの私とナショナルヒストリーが染みついた浴室。ジワジワと毛沢東時代に戻りつつあるような現在の中国。「上海人民滑稽劇団」の王《ワン》団長は元気だろうか。老朋友、王汝剛さんとサウナ談議をワイワイやりたい。高于民君が通訳をしてくれる。高君は私がしゃべった内容にプラスして、隙あらばアドリブでお笑いネタを入れてくる。ダジャレを言うのはダレジャ。

心底、心から大笑いする日はいつなんだろうか。人々の日常の辛さや哀しさや満面の食卓。日本と中国の三〇年代四〇年代五〇年代に生まれ育った、「喜劇」という生命力溢れる民衆の土着の力強さ。民はしたたかでおおらか。負けへんぞぉ〜と、素っぽだか仁王立ちで叫んでみた。

霜月某日。

オキナワは、やんばるの市町村長さん達が集まって、我が「なんばグランド花月」で「のど自慢大会」を催した。首長さん達が、おらが村の産品や観光スポットの前口上。続いて一曲。司会は西川きよし師匠、鐘叩きのキンコンカンコンは不肖・大﨑が務めました。生まれて初めて真っ白のタキシードを着た。オール巨人さんも気持ち良さげに一曲歌った。ゲストには仲良しの神野美伽さん。来春には新歌舞伎座で座長公演、おきばりやす。

霜月某日。

岡山のRSK山陽放送を訪ねる。私がヨシモトに入社して、初めて一人前に仕事が取れた想い出深い放送局。西川のりお・上方よしおさんのラジオの公開録音番組やった。RSKサービスの青山さんにお世話になりご迷惑もいっぱいかけたっけ。原会長に「大﨑さん！夜釣りに行こう!!」と誘われる。ゲッ！寒そう。

霜月某日。

ワールド・アライアンス・フォーラム。私は原丈人《じょうじ》さんの「公益資本主義」の末席の信奉者を自任している。原丈人さんは、烏賊がお好き。イカ！イカ！イカを食べさすお

店を探すのが、私の仕事。どこでもいつでも現場マネージャーではある。

霜月某日。
江戸川大学でおしゃべり。元日本テレビアナウンサーの小倉淳さんが客員教授をなさっている。
プチ恩返し。

霜月某日。
熊食べたッ。比叡山、比良山荘。ここの大将の手は熊そっくり！　旨い。命をいただいた日、感謝しかない。

霜月某日。
詩人、谷川俊太郎さんと定例になったおしゃべり雑談の日。月に一度、私のバカ話を聞いていただく。なぜだかモーレツアセッて、ぼくは下ネタをしゃべりだしたりしてしまう。一方的に谷川俊太郎に向かってしゃべっている雑談。谷川俊太郎さんの、重さと軽さは一体なんなんだろう。宇宙そのものか。ずっとずっと考える機会をいただいている。

霜月某日。

おじさん五人連れだって横浜に電車を観に行く。原丈人さんのお父上、原信太郎さんが愛情込めた「原鉄道模型博物館」。原丈人さんがいる限り我が日本国は、中国や米国や欧州と伍してやっていけるのではないだろうか。ラストチャンスだニッポン。

霜月某日。

熱海はやっぱりエエとこや。「ACAOスパリゾート」に行く。中野善壽《よしひさ》さんに会いに行った。天王洲の寺田倉庫群をすっかり変貌させた異能の方。熱海は変わる、ニッポン。

霜月某日。

秋田の国際教養大学モンテ・カセム学長に会いに行く。お会いする度にホッとするのはなんなんでしょう。木々に囲まれた胸いっぱいの深呼吸。

浜の真砂はつきるとも、世にボヤキのタネはつきまじ

まぁ、みなさん聞いて下さい！

人生幸朗・生恵幸子の御両人。私が入社したての頃、人生さんは楽屋のアイドルやった。多くの芸人仲間から慕われてはった。年寄りになってから売れた〝漫才さん〟は、ホンマ幸せである。「責任者出て来い！」

今も大阪の町で、ボヤキまくる、人、人、犬。おじいもおばぁもガキも酔っぱらいのサラリーマンも、ボヤいてコケまくる御堂筋。なにわのペーソスやん。

人生幸朗さんは、旅回りの一座から吉本興業へ移籍してこられた。太平サブローやオール阪神・巨人が、人生さんのモノマネを今も演《や》っている。当時、人生さんもまた、間寛平のギャグを漫才のネタの中に入れ込んで、これまた笑いをとったりして。狭い楽屋の化粧前でも広い舞台の

上でも、老いも若きも芸人達が寄ってたかってじゃれ合っていた。古き吉本興業の伝統。

一九八〇年代のあの頃。毒舌漫才で一世を風靡した、ビートたけしとビートきよしの御両人。そして我が盟友、島田紳助・松本竜介の登場。舞台の上から客席を巻き込み揺さぶる笑いがそこにあった。攻撃的な武器としての笑いの出現。それまで笑いはちっぽけな存在やった。せいぜい新聞の片隅の小さなコラムや風刺漫画以下でしかなかった。世間の裏通りの笑いを、ここまで自由に発展させた功績はすばらしい。差別され抑圧され低く見られてきた、お笑い芸人の反抗であった。路地からの発露。

時はまた流れ今回のM－1十八代王者、ウエストランド。井口浩之・河本太の御両人。いつの時代にも「表現」には賛否両論があるが、ナンダカ漫才師という生き物は不思議だ。ペーソスというマントを身にまとい、舞台の上から風に乗って客席へと世間へと飛び込んでいく。

本音の根っこの部分では、芸人も客席もテレビ視聴者もネタにされた対象者も、みんな了解している。笑うこと

は許すこと。許すことは笑い合うこと、と。

その答えは風の中にある――と歌ったボブ・ディラン。時代の大きなうねりの中で、世情不安に揺れるいつの時代も。伝統の音楽の中に時代の言葉を投げ続けているボブ・ディラン。彼の一九八一年のアルバム『ショットオブラブ』の中に、レニー・ブルースへの賛歌がある。ニューヨークの伝説のコメディアンである。何度もその発言で逮捕され最後に薬物中毒で死んじゃった、レニー・ブルース。コメディアンの表現する言葉やその心情なんていつの時代もどこの国でも世間の誰も見向きもしやしない。

テレビで放送されないM―1を見てみたい

テレビサイズじゃない漫才。CDサイズじゃないポップミュージック。短尺になるばかりが能じゃないぞ。四十分を超える漫才。十七分近くあるボブ・ディランの溢れる詩とコード進行。ラジオでよく聞いた司会者のおなじみのセリフ。「それでは！御両人の漫才をたっぷりとお楽しみ下さい」。チャカチャンリンチャンリン、デンデーン。

リッチなユーチューバーが大手を振って世間を渡り歩いてる

プロでも無くアマチュアでも無い彼等たち。ハイアマチュアがたくさん出現している。彼等に舞台と客席は無い。〝ライブの表現〟は無い。あるのは誰かのマネ。マネのマネ。マネのマネのマネのマネのマネ。そこに産みの苦しみは無いだろう。新しい表現は出て来ない。マネのマネのマネなら出来る。AIコンピュータには出来るだろう、マネのマネ。

そこに0→1は無い。1→2、2→3、3→∞はある。コンピュータのすばらしさではある。しかし人間のすばらしさは、産みの苦しみゼロから考え出す熱量。それは芸人たちの誇りでもある。

笑う大阪暮らし

オープンマインドやんか。そんな事を気づかせてくれる大阪。開かれた町とそこを吹き抜ける風。〝上方〟と呼ばれる芸能も残っている。上方漫才、上方舞、上方歌舞伎。上方の〝上〟は京都を指している。中世の京の町からその周辺へと向い、元禄時代には、商人の町として栄えた大阪から次第に畿内へと発展していった。上方文化は根強い。因みに私は和泉の国、社長の岡本くんは大和の国の出。上方の暮らしぶりと言葉のやり取りがある。トラブルや困難に向かう時も新しい事にチャレンジする時も、二人の間にいつも笑いがあった。上方文化の無意識のなかで育った物事の見方、感じ方、美意識、根性、欲望。「上方」というプラットフォームの中で仕事をしてきた。大阪で生まれ育った〝よしもと〟の血《チイ》であろう。

みんな大阪に引っ越しといでえな

ホンネとタテマエと、そのズレをおもしろ可笑しくやり取りをする漫才。M－1王者、ウエストランドの御両人は私にそんな大阪を再認識させてくれた。よしもと所属じゃないのがコレまたおもしろい。そういえばテレビでM－1が放送された翌朝、電話をもらった。「おかげさまで、うちのウエストランドが優勝しました！ありがとうございます」と。「おめでとうございますぅ」と私。「よしもとのおかげじゃないですから！」（笑）。と、そんなやり取り。タイタンの太田光代さん、みっちゃんホンマにオメデトウさん。

そんなスマホ越しの後にふっと思った。関東のお笑い芸人さん達や漫才さんが、大阪弁を憶えて使ったら、もっと漫才の世界が広がるんちゃうやろか（ナゼかここから急に大阪弁）。東西交流やし、万博にむけて仲良うやれるやん。ええことだらけやん。そやんなぁ！ほしたら、ほんだら、ヨシモトに移籍しといでぇや。それは無い！　そんな怒りなや！なんやなんや、じょうだんやんけ。ほな、なにか、オレが謝ったらええんかいな。ちょっといちびっただけやんけ。かまへんやん。ちゃうちゃう。ひつこいなぁ。どないせいちゅうねん。いやほんま。かあちゃん堪忍。

ふたたび、三度、世旅

寺山修司記念館の展示手法はすばらしかった。東京に戻ってからも夢に出てくるような。白昼夢みたいなものかしらん。並んで置かれてある机の引き出しを開けて懐中電灯で照らすと、ひとつひとつの引き出しに寺山修司が住みついていたから。

八戸の土偶も合掌している。

アングラ前衛演劇、寺山修司の「天井桟敷」、唐十郎「状況劇場」。よしもとの東京本部は新宿。歌舞伎町ゴールデン街にある。新宿の鎮守〝花園神社〟のお隣さん。歌舞伎町というエンタメタウンの磁場にヨシモトは引き寄せられた。祭りや芸能が地元のコミュニティとつながって、新しいカルチャーを創り出してきた。カウンターカルチャーとポップカルチャーの境い目も無くなったこのご時世。今更、〝スマホを捨てよ、町へ出よう〟でも無いか。日経新聞にヒップホップが生まれて五十年と載っていた。日本経済新聞がカウンターカルチャーの成長を特集する時代になったんや。カウンターカルチャーが産業になった。

ニューヨークのブロンクスの黒人達のアパートのキッチンの隅っこで。古びたビルの谷間で。貧しい子供達の遊びの中からヒップホップダンスは生まれた。国の産業政策の中から生まれたんじゃない。民衆の叫びコトバの中から時代が転がり、人々の生きる力の糧になった。

北帰行。出身は大阪やけど

「えーッと、11号車、11のA席かぁ」

列車に乗り込むまでに何度も見直し見返す。よく間違う。

飛行機に乗っても映画館やお芝居を観に行っても。

よく間違える。

若い頃はこんなじゃなかった。

マイッタネ。

手元の乗車券と列車の座席の表示を何度か見返したあと、やっと坐った。

で、また確認。

「そもそも、この列車やったか！」

「えーっと、かがやき521号っと」

「えー、東京駅発、えっとぉ、八時十二分発」「11号車、11番、A席」「だいじょうぶ」

ふーっ。ひとりごち。

すぐ横で、おじさんとおじさんが二人坐らずに立ったまま。なにやらスマホを見せ合ったり。

「へぇー、こんなおじさん達もLINE交換するんや」「知り合いかぁ」。いや違ってた。

座席を二人共、間違っていて、スマホの予約画面や乗車券やらを見せ合ってたんやね。ご同輩、相哀れむやね。トホホのホ。

昨晩の東京の街の雪がウソのような今日は快晴。四ツ谷荒木町のエリマキラーメンを食べていた時分は、ひらひらと雪が舞っていた。

富山へ。東京藝大の伊東順二先生に誘われて〝とやま映像祭〟でナニカしゃべれと。「ハイ！わっかりましたぁ」と返事するも、頭に浮かんだのは「映像→ええぞ、ええぞう」くらいのダジャレ。トホホのへ。

遅れて富山も雨から雪へと。本木克英監督もいらっしゃった。いつもは雨男だけれど本日は雪男。

懐かしくって新しくて

ほんの少しだけ雪がパラついた、そのまた前の日。杉山恒太郎さんと佐藤卓さんと銀座の定食屋さん。お二人とも、全日本広告連盟の「山名賞」を受賞されている。超クリエイティブディレクターと超グラフィックデザイナー。もう一人UUUMの鎌田くん。寄ってたかってバカバナシ、あれやこれや。

〝よしもとデザイン〟プロジェクトをやろう！、みたいな流れに。卓さんが言い出しっぺだ。アンチカッコイイ。どいつもこいつも流行のマネすんな。それも三〇％減や四〇％減やん！（私の個人の感想です）。

ギックリ腰をガマンして坐っていた鎌田くんはもう限界。ＳＯＳ。恐縮しながら、はいつくばって治療院へ。ユーチューバーの元締めも、けっこうストレスあるんだ。

残されたオヤジ三人は、「若いなぁ、いいなぁ」。ため息、三つ。そんなため息を埋めようと、アワードを創設しようとオヤジ三人。

小さな町々の商店街のストリートカルチャー。〝おおさかデザイン〟。人呼んで『バッドデザイン』。

居場所は心の中にある

一月になって少し冷え込んできた。

詩人の谷川俊太郎さんとお会いする事が叶わず。故に定例になった〝おしゃべり会〟遠のく。

どんよりした雪雲のような心のすき間を埋めようと、詩を読む。

万有引力とはひき合う孤独の力である

二十億光年の孤独。


一九五二年の作。青い空も灰色の空も真っ白な空も雲も雪も。谷川俊太郎さんの眼は光線のよう。

谷川俊太郎さんは、その出発点からすでに宇宙に存在していた。若き谷川俊太郎さんと九十一歳の谷川俊太郎さん、並んで立っている。宇宙に向かって二人して並んでる。

Chu！可愛くてごめん

Chu！あざとくてごめん
Chu！尊くてごめん
Chu！目立ってごめん
Chu！ぶりっ子でごめん

宇宙《おそら》の片隅で、小学生、中学生、高校生、大学生、社会人。みんな心の中を見つめてる。ざまあ。

寺山修司、石原慎太郎、江藤淳、大江健三郎たちと「若い日本の会」を結成していたあの頃の谷川俊太郎さん。

谷川俊太郎さんは土偶と一緒に並んで宙《そら》を見ていた。谷川俊太郎さんが生まれた頃、宮沢賢治の「雨ニモマケズ」も生まれた。

サウイフモノニ
ワタシハナリタイ

第3章

ありのままの君で

ええ加減のえ〜お湯やわ

アカンもう限界、今にもギャオーっと泣き出しそうな東山の凍空。遠く比叡山は吹雪いて、熊もひっそり眠っている。京の町は隅々まで底冷えがしてきた。〝玉の湯〟のネオンサインに照らされて近所の自転車が並んでる。月光の中、捨て猫が二匹いた。もうすぐ二月二十二日、ニャンニャンニャンの日。猫の日だって。こんな寒い日に死んだらアカンよ。そぉーっと手を出したら、ニャー! シャー! って、向かいの新興宗教だかの建物の床の下へ逃げてった。人も猫も死んだらどうなるの?どこへ行くの?近頃の宗教が、死と生に真っ直ぐに向き合わなくなって久しい。

二匹の子猫を見ながらそんな事を思った。いい加減にへたってきたベージュ色のナイキのスニーカーとブルーの上下のジャージ。定宿ならぬ、定銭湯の〝玉の湯〟へ、イザ。

「おおさきさん、久しぶり。明日の京都マラソンに走るんやね!」と番台の女将さん。「いやいや(笑)、散歩して来ただけやで、マラソンなんかムリムリムリ」とボク。

いそいそとボロ靴を下駄箱に入れて脱衣場へ。棚のドライヤーの横に、『吉本興業の約束』の

本をチョコンと並べてもらってる。チラッと横目で見ながら恥ずかしくもあり、あわてるように脱衣。パンツ足で踏んで脱ぐ。ナイロン製のジャージ上下は、十五年も前に沖縄のサザンリンクスゴルフクラブの売店で買った。丁度こんな春一番の頃だったか。お正月からずっと隅っこに置かれて売れ残ってた〝お年玉袋〟。そういえば、沖縄は今でも旧暦でお正月を祝う地区もある。また夏の旧盆の頃には、エイサーの練習をしている子供達に出会ったりする。島あげての一大行事、全島エイサー大会もある。

日本の地域には、それぞれの生活の中に、季節ごとのお祭りと祈りがある。京の町や沖縄の町々にも、自然観と宗教観と死生観が季節の中で混ざり合って共有されている。

神さん仏さんと同《おんな》じように、台所のへっついさんや鍋さんや釜さんたちへも愛着を持って大切に暮らしてきた。島国の小さな文明のカケラを守っていかないとね。ニャンたるか猫もうなずく。

ＡＩやロボットの科学技術はすばらしいけど、ただ経済の成長の為だけになってないやろうか。世俗的な合理主義に真っしぐらにな

ってる今の世の中。批判ばかりしている人達。国会の中もテレビやユーチューブの中も、大声で声高に罵詈雑言とフェイクニュースの塊やん。クソとかボケとかばっかり言ってるやん。アカンよ、オカンが泣くで。ニャンとかしないと猫も泣く。

雷鳥はもう鳴かない

金沢の定銭湯は〝大和温泉〟。銭湯やけど黒湯の温泉。雪は残って、でも快晴の日。サンダーバード号は人がいっぱい。カップルや家族連れや半袖の白人の兄ちゃんやら。ユニクロのヒートテック極暖の下着。ようできてるけどこんな日はアッつい。フェイクファーが付いてる重たいコートと毛糸の手袋とマフラーと帽子と、全身毛糸づくし。オレはネコか！

「おおさきさん、今日もまた銭湯ですか！」「うん、今からスグ行くねん」。ニコニコ顔のホテルマネージャー。

ジビエのメチャおいしいお店に夜はみんなで行く。穴熊や山鳥やイノシシや、タラの芽の天ぷらやら、こごみやわらびやふきのとうやら鹿肉のタタキやら。十二人のおっさん達と食べる食べる。〆めの熊スープで食べるうどん。最後に出された〝松藤〟というお茶みたいなお茶（？）を飲んで、全員が拍手をした夜やった。

二〇二五年の大阪・関西万博の〝よしもとパビリオン〟の合宿会議。美味《うま》すぎて仕事の会話はゼロ。建築家、アーティスト、建設会社やテント会社の人たち。我が〝よしもとパビリオン〟の予算は他の民間パビリオン予算の半分以下なので知恵をしぼって、やりくりして気合い入れてと思ってやって来た。ジビエの圧倒的な命の熱量に、言葉を忘れついでに仕事も忘れてしまってた。でもね、みんなニコニコ楽しく一体感は育った。予算が少ないとは誰も声高に言わない。プロフェッショナルはそういうもんや、と改めて感心もした一夜だった。山と里の恵みを丁寧に捌き料理し命をいただく。祈りながら楽しくワイワイと。食と仕事振りと技と。手仕事を見て感じて、生きる知恵から大切な事愛しい想い守らなければならぬ事を学ぶ。「ちゃんとやろう、しっかりやろう。」ニャンとかなるさ。

もうアカンな。七十才ともなれば服とか買うのもうやめよ。密かに誓ってみた。ぎょうさんあるし。靴下も革靴用の黒いのもスニーカーを履く時のコットンの白いのもあるし。ネクタイもハイブランドのおっさん用もレジメンタルタイも、コムデギャルソンのかわいいのもあるし。ベルトも細いのやら太いのやらもある。革靴もウィングチップもプレーントウもある。スニーカーもデッドストックのコンバースオールスターもケッズもプロケッズもビ

ズビムもあるし。ジャンパー（昭和か！）もあるし。アメリカ製のギットマンブラザーズのボタンダウンシャツも、パリで買ったシャルベのシャツもある。積読《つんどく》の小説も山ほど崩れそうやし。銭湯の本もまぁ四十冊はあるな。ギターもウクレレもあるよ。

そこで思った。三月に自分の本が出版されたら印税が少し（ひょっとしたらメチャクチャたくさん！）入る。

沖縄に通い続けて四十有余年。ずっと思ってた。悩んでブレて実行できなかったコトがひとつあった。子供の貧困問題の解決。子供達と一緒になって応援する。資金調達なんかイラン。インパクトファンドも関係ない。印税を使って先ずは小さくスタート出来る。私自身は何も出来ない役立たずやけど。仕事仲間や皆んなに声をかけて手伝ってもらおう。

父や母やおじいちゃんおばあちゃんも天国から喜んでくれるかな。アホのヒロシを返上や。ゆうだけ番長も卒業や。

猫と熊に教えてもらった、生きる事と死ぬ事。

銭湯のお湯に浸かって、ええ按配に、え〜加減にやってやろうかと。「え〜お湯や、極楽ごくらく。」

ニャンとかなるやろ。

今回は原稿料はいただけましぇん

だって、中村伊知哉さんのフェイスブックを丸写ししてるねん。

幸せな事に、私はこの度、本を上梓致しました。『居場所。』（ワニブックス、じゃなかったサンマーク出版さんからです）。

松本人志くんが、帯を書いてくれた。

「一気に八回読んだ」。

もちろん一回も一行も、絶対に読んでないデス。


その『居場所。』について。

中村伊知哉。情報経営イノベーション専門職大学学長。パンクバンド「少年ナイフ」のディレクターを経て旧郵政省入省。ＭＩＴメディアラボ客員教授。スタンフォード日本センター研究所所長。慶應大学や京都大学やら東京大学のナントカもしてはる。パリではスパイもしてはったらしい。内閣府やらなんやらかんやら政府委員や座長やらなんやらもしてはる。まぁ、落ち着きの無い人物でもある。

今回は私の自慢話と取られても仕方がない自慢話編であります。
原稿の〆切り直前でもあります。

そんな畏友、中村伊知哉さんのフェイスブック丸写しです。

大﨑洋さん「居場所。」

「12の『しないこと』」。
ダウンタウンには居場所がなかった。
大﨑さんにも居場所がなかった。
芸人の居場所をつくるしごとと、自分の居場をつくるいとなみと。
他者への視線と自己へのまなざしが交錯する。
さらりと書かれていて、松本人志さんの帯「一気に八回読んだ」。
さらりと読める。

けれど構想から2年。

実にあとあじの強い書物です。

読後、ずいぶん考え込んでいます。


覇者よしもとの帝王。

強面で、業界人は縮み上がる。

ただ彼を知るひとはみな、見ず知らずの子を抱きかかえ、陽だまりで土いじりをし、通りすがりの露店で饅頭を買い食いするような、やわらかくあたたかいおっさんやと受け止めている。

だけど、孤独を抱えるココロのうちまでは知らない。


芸人の居場所を作ることを仕事と定めた。

同期ではビリだった。

ダウンタウンは笑いの「場所」を変えて成功した。

男の嫉妬、邪魔、左遷。

お家騒動、反社との決別。

百年の会社を第二創業して、デジタル・地方創生・教育の柱を立てる。

競争ぎらいな大﨑さん。

場を換え、挑んで、転戦を続け、こんにちがある。
ぼくが大﨑さんに惹かれるのは、少し似ているからだと気がつきました。
音楽を諦めたが、天才たちが活躍する場を作りたいと官僚の道を選んだ。
同期ではビリだった。
競争はキライで、人と違うことばかりしている。
そうして場を換え、転戦を続けています。

つらければ、ロマンチックに孤独に浸ってみる。
ことを大﨑さんは勧める。
にぎやかな場にいることがデフォで社交的と見えるかもしれないぼくも、独りが好き。
大﨑さんの「独り」は銭湯やサウナ。
うん、ぼくは「独り酒」だな。

友だちがいなかった。一人だから考えたりできる。
という大﨑さん。
なのに親子ぐらい歳が違う友だちができた。

という。
ビリギャルの作者、坪田信貴さん。おもしろいね。
だって坪田さんはウルトラ合理的なひと。真逆。
うん、だから気が置けないのかもね。いいね。

ぼくにとっての坪田さんは、誰だろう。
うん、ネコだ。
話をしたら、じっと聞いてくれる。
たまに近寄ってくる。何かねだる。
こっちが近寄ると、逃げる。
うん、だから気が置けないのかもね。いいよ。

つらければ、緊急避難する。
ことを大崎さんは勧める。
いい避難場所を見つけろという。
ぼくが役所を辞めて渡米したのは政権に反旗を翻したから。
なんてカッコいいことをぬかしているが、実はやりきれず逃げたんじゃないの。

つらくて避難しただけなんじゃないの。

その自分を肯定してやらないといけないのかもしれない。


さて、闇営業問題の後始末。

同士、岡本昭彦さん。

涙の会見で独り世間の光線を浴び、芸人と場を守り抜いた。

大﨑さんの最大の仕事は、早くから岡本さんを後継と見据えて、バトンを渡しきったこと。最強のふたり。

でもそのうえで、やることがある。

先日「ぼく70やから、気合い入れるわ。」とおっしゃった。

えーっ！


大﨑さんは言います。

悪場所の芸人と普通の芸人たちが生み出したのが、近代漫才。

吉本という「悪場所」を、消したくない。

居間のある家族のような会社。

遊ぶ学校。

吉本がそういう存在になれたらいいと。

劇場、テレビ、デジタルと、芸人6000人の場作りに成功されました。

彼らの才能を多方面に発揮させ、芸人を地方・海外に住まわせて活躍の場を作り、人を育てている。

会社というより、NPOのようなコミュニティで、学校でもある。

創業110年。次のおーきな100年が始まっています。


巻末。

「サウイフモノニワタシハナリタイ」

という気持ちを抱えて、下手くそに生きている。」

「自分の居場所を、自分という人を、どうかくれぐれも大切に。

そういう人に、僕はなりたい。」

ぼくもそういう人になりたいです。

残り花と残り香

やっとこさ大学生になった春四月。関大前駅から社会学部に向かう裏道の登り坂を歩く。沈丁花のみずみずしい白い花がまだ咲いていていた。二年浪人をしたので同級生は皆んな年下だった。附属高校から上がってきた連中は連れ立ってニギヤカだ。坂道ですれ違いざまに肩が当たった。チッ、私はひとりケンカごしだった。

新一年生の教室。オリエンテーリングも受けないまま逃げ出してそのまま校舎を出た。帰ろ。

連れ立って群れるのはやっぱり性に合わない。

大学生になる前の一年間は、自宅の中二階の狭い屋根裏部屋に住んでいた。夕暮れ時になって近くの方違神社と反正天皇陵の裏道の散歩を日課にしていた。

家に戻るとテレビでニュースが流れていた。成人式をむかえた横綱・北の湖関が、華々しくフラッシュを浴びてインタビューに答えていた。人生二十年目で片や大横綱、片やひき込もりの無職。たった二十年のちっぽけな人生でも、「こんな風に過ぎていくんやぁー」と、つぶやくように

笑った。

何を今更とあきらめた。しゃーない。あきらめるのが癖になり始めていた頃だった。

サラリーマン生活が始まって、すぐに結婚してすぐに別れてしまった同級生。五万円で買ったブルーバード510《ゴーイチマル》のカーラジオから流れていたのは、アン・ルイスの「グッド・バイ・マイ・ラブ」。

人生は野菜スープ

『居場所。』という本を出版してもらった。サンマーク出版さんや書店さんや坪ちゃんや笠井くんやみんなに世話になった。ラジオや雑誌や新聞やと取材してもらった。新宿の紀伊國屋書店本店やブックファーストさんの店頭もすごい事になっていた。東京や大阪の地下鉄やらの交通広告。駅の書店さんやら地方紙やら。

そんなバタバタとした春。誰だったか思い出せないのだけど、「大崎さん、片岡義男さんの『人生は野菜スープ』読んでたでしょ」とライターの人が言った。「うん、若い頃にね」「読んだよ、ボロいブルーバードの中で同級生の女の子と一緒に」

彼がどうして、そんな事を言い出したのだろう。人と人との交わり、その関係性。会社の上司と部下でもない。友人でもない。仲間でもない。親子でも兄弟でもない。夫婦でもない。

あの日出会い、人生の友となり、戦友となり、坂もあった。

ストーリーは会社を辞めた男と売春している若い女の子が出会い、そして旅をする。二人して行きたい場所に旅をする。その小さなストーリーの二人の関係と、私の学生生活やサラリーマン生活の日々の中。あの日出会った人たちとの、それぞれ一人ひとりとの寄り添い具合いが似ているんだと気づいた。

下り坂の道端で、風と花の匂いを想い出した。

人生は野菜スープやん。

四月一日。

光の魔術師、尾崎マサルさんのアトリエを訪ねる。２０２５万博の「よしもとパビリオン」のアートワークのギリギリの最終ツメ。六時間も夢中でしゃべっていた。ペットボトルのミネラルウォーターを一本ずつ飲んだだけ。小さな部屋の窓も開けずに。

四月二日。

孫娘二人と原宿と渋谷にお洋服のお買い物。新大久保にも転戦。コリアンタウンを一時間ウロウロした。口紅を一つ買っただけ。結局いっぱい迷って悩んで何も買えなかったんだと。でもメチャ楽しそう、青いリンゴの青春のはじまり。

二人とバイバイをして、アメリカのタレントエージェンシーのファミリーとディナー。「ワギュー！」が食べたいとか。六本木のレストラン〝ハマ〟に行く。ハリウッドのエージェンシーの大株主。家族で泊まっているホテルもナンカ、高っかいトコやったなぁ。

高っかいステーキに愛想笑いの私。

アメリカはまだまだ、オンザロード。

四月三日。

入社式。夢と希望が溢れるフレッシュメン&ウイメン。今から人生の上り坂、はたまたジゴクか。その後、坪ちゃんとKBS京都の「らぶゆ〜きょうと」の録音。台本無しに二時間しゃべりっぱなし。ひき込もりとおしゃべりと、どっちが本当の私なのか？AIにはマネ出来んやろ。

ワーナーミュージックの増井くんが『居場所。』の取材でインタビューしてくれた。けど、私よりよくしゃべる。ほとんど増井くんがしゃべってた。私の取材やのに。ゼッタイ長生きするわ、マスイクン。

続いて『婦人公論』さんの取材。婦人と公論の二つの文字に気後れしてナゼかアセッた。うしろめたさか。

四月四日。

京都へごはん食べ。岡本社長と〝BSよしもと〟の連中と。みごとに桜満開。桜の木の下で満月の夜に死にたい、とムカシの人が詠んでたな。おんなじ月を見てるのにね。

祇園白川のほとりの「望月」のお母さんもお元気やった。

四月六日。

読売新聞グループ本社の山口代表にあいさつに伺う。一時間、ほとんど私がしゃべってしまった。紙の新聞の事、テレビの未来の事、民主主義を守る事。後半、山口代表はチラチラと腕時計を見始めた。ナンデダロ〜♪。

四月七日。

住友商事の南部さんとお話。エライ人やけど好きなタイプやわ。

東洋経済さん取材。この人やったか？『人生は野菜スープ』の件。


四月十日。

谷川俊太郎さんのお宅へ。万博の「よしもとパビリオン」のお願い事をする。ニコニコと快諾を頂く。調子に乗って俊太郎さんのお傍にチョッコリ坐って、写メパチリ。ツーショット。自宅のマンションに帰ってから俊太郎さんの作品ひらがなの詩を読み返す。音読で大きな声で。うんこ。


四月十二日。

『週刊文春』「この人に会いたい」、阿川佐和子さんと対談。

小さくてかわいい人やった。これからは阿川佐和子さんを「おかあちゃん！」と呼ぼう。身長、多分百四十八センチ。亡き母と同じ背丈。

私の方がもっと早くに会いたかった。

ねんねんころりおころりよ

母親が天国へ行った日。

その子供達は、全身のからだの血の半分が抜けるのだそうな。

入れ替りに、母親の感覚がスッとその子に入ってくる。

お母ちゃんが、おばあちゃんが、そのまた母が、子供を守ってくれる。

だからもう泣かないで。

そんなメールを母を亡くした知人に送った。


あーすれば良かった。

あの時、どうしてあんな風にあんな言葉を投げ捨てるように、母親にぶつけてしまったのだろう。温泉とか連れて行ってあげればよかった、手をつないで。

母なる大地と山なる父と

あーすればヨカッタ。こーすればヨカッタと幾つになっても日々悔やむ。

そんな風に折にふれて想い出す事ができる幸せもある。想い出す幸せ。イクツになっても甘え

ん坊。

お父ちゃん、お母ちゃん、オレもう来月で七十才になるわ！ホンマ、イヤんなるわ。父や母が生きた歳月を超えてしまった。

「オレ、よしもと辞めるねん」

「ほんで、万博の仕事するねん」

「国のエライ人達に、チョットな、頼まれたから、がんばるねん」

八重洲口から飛び乗った新幹線。新大阪に向かって右の窓側に坐る。大きな富士の山と梅雨入り間近な田んぼが見えてきた。

今日の富士山はお父ちゃん。緑の田んぼはお母ちゃん。そんな報告を車窓からした。拝む。


大成建設の元会長の平島さんに、神楽坂の天ぷら屋さんにお招き頂く。かっぽう着を付けた、大女将さんと平島さんの会話。

「平島さん、まぁ、お元気で！」

「平島さぁん、おいくつになられましたか？」

平島さんは人指しゆびを一つ立てた。

と、大女将は顔を輝かせて瞬時に理解する。

「九十一才になられたと、まぁ。」

八十一才でもなく、むろん七十一才でもない。

人指しゆびを一つだけ立てて、九十一才。

そんなやり取りを目の前で拝見。幸せのひとコマのスケッチ。

「大﨑さん、新しい仕事をがんばりなさい。

くれぐれもくれぐれも、気をつけて」


神楽坂「天孝」。先代の親父さんは一年半程前に天国に行かれたけど、でもいつも通っていた同じ部屋で天ぷらを頂く。

息子さんの天ぷらはすばらしかった。

人が変わるけれど、天ぷらの味は全く変わらなかった。海老をほおばった時に、何を思ったのだろうか、思わず落涙。やばッ　近頃、涙もろくなってきてるやん。年々歳々花も天ぷらも相似たり、やな。


万博協会の方々が、ご挨拶に来られた。

みなさん、ハードワークに少し疲れてらっしゃるご様子。対面の席に坐り私と目が合った時、みなさんの強い意志はしっかり感じ取れた。

ワイワイ笑いながらおしゃべりをしながら頭を下げて気合い入れ直す。

二〇二五年の万博が始まる頃には、世界中でコロナも完全終息しているだろう。ロシア・ウクライナの戦争も終わっていると願いたい。チャットGPTとやらの翻訳機能で、万博会場に集まった子供達がそれぞれの母国語でしゃべってにぎやかに会話しているだろう。

世界中からやって来た子供達や若者に、この万博から新しい明るい世界が始まる！と伝えたい。子供達に未来の夢見るチカラをつけてあげたい。

課題先進国の日本。万博は世界デビューの場でもある。それなら、日本の社会課題を万博を通じて世界デビューさせてみようか。

英知と勇気を集めて。楽しみながら笑顔で解決しよう。催事、お祭り、エンタメ、コンテンツ、ライブコンサート、伝統芸能、伝統工芸、現代アート。万才に落語、アニメ、ゲーム、漫画、コメディ。みんなみんな、その為に存在する。

社会課題を解決する。

エンタメのチカラで。

一九七〇年の万博は、〝世界の国からこんにちは〟。次の万博は、日本から世界へこんにちは。

少子高齢化やらナンヤカンヤ、ワテら課題先進国ですねん。

楽しく笑いながら解決したいですねん。

みんなで知恵しぼりましょう。

外貨も稼ぎまっせ。

ごはんはごっつううまいでっせ、まっせ。

アトアト、世界のみなさんが直面する問題ですよね。

世界中の大人が君たち一人ひとりを見つめているよ。いつでも頭ナデナデするよ。顔をあげて笑いなさい駆け回りなさい転びなさい。

子供達よ
私たち老人はコケないように下を向いて歩きます。みんな一緒に手をつなご。


もうすぐ新大阪駅のホームに到着する。車中の〝天むす〟を食べて気がついた。きのうの夜、天ぷらを食べて、お昼〝天むす〟で、アレ?今日の夜も北新地の〝金ぷら〟で天ぷらやん!

小学生の頃、給食でカレーライスが出て、やったァーと喜んで。

「ただいま、おかあちゃん！おばあちゃん！」「帰ってきたぁ」「おなかへったぁ」

「今日の晩ごはん何？」

「カレーライスやで！」

えぇ！

幸せは続く。

それであしたの朝ごはんも、きのうのカレーの残りやん。オイシイ。

昨日より今日、今日より明日。一人より二人。泣き出すより笑い出す、歩き出す。

天寿って二百五十才だって。
与えられた仕事も、与えられた食事も、与えられた命も、
まっとうしたい。

悲し、哀し、愛し、美し

万葉時代は「かなし」にさまざまな意味や想いを与えていたという。

くだきける思いのほどのかなしさも
かきあつめてぞさらにしらるる
（建礼門院右京大夫）

旅立ちは、かなし。

新しい事務所の引っ越しをやりながら、バタバタと原稿を書く。

むかし、ある地方に「笑いの貧乏」という言葉があった。子供たちの遊びを眺めていると面白く、つい仕事の手が止まるので稼ぎが減ってしまうことらしい。幕末の日本には、子供の遊びを朝から晩まで一日中眺めて笑っている大人たちがたくさんいたようだ。今の大人たちの、子供の生活と遊びを見つめる目はどうなっているのだろうか。

私の義父、石井錦一牧師の書き物の中から見つけた言葉だった。

日々の礼拝の中、放課後児童クラブ、社会福祉法人ピスティスの会と奉仕を生涯続けた人であった。長年、日本基督教団の『信徒の友』の編集長をしていた。教団の内部紛争の時代にあっても信仰生活を続けた。三浦綾子さんの『塩狩峠』も生まれた。

私の手元には、義父・石井錦一の『祈れない日のために』がある。

真新しい事務所の片隅に坐って、つらつらとページをめくり、読む。

石井牧師が、松戸教会の主任牧師から、説教をしなくてもよい担任牧師になった時。ヨタヨタ、モタモタ、フラフラしてゆくかも知れないが、新しい話として書いてゆこうと決心した——とある。

日々、全国各地の教会を訪ね続け、特別集会、伝道礼拝をやり通した。

子育て制度がもう少しすっきりしたあり方になれば、少子高齢化も防げるのではないだろうか。子供たちの笑い声をたくさん聞いて、義父の願いを、ほんのちょっぴりでも受け継ぎたいと思う。

笑わば笑え

いま時分になって、コロナに罹患。

四十六年間のサラリーマン生活を終える直前に喉が痛くて咳が出始めた。

近くのクリニックに診てもらった。

おじいちゃん先生は、大当たり！みたいな感じで「コロナ、コロナ、コロナだよ」と私に言った。四十六年間の罪と罰かしらん。


新しい会社を二つ作った。

先ずは、会社の名前を決めなくっちゃ。一つ目は、「asyouare」——ありのままの君で、みたいな感じかな。七十才にもなって、今更自分らしくもないのだが、子供のように遊ぶように仕事がしたいと思う。

ホントの自分、今までの自分、これからの自分。

自分を潰さないで、自分を感じる術を身につけたい。

仕事場は、住居にしていたマンションを事務所用にリノベーションした九段南の部屋に決めた。椅子がいくつか置いてある小さなバルコニーもある。気に入って瞬間に決めた。一目惚れが多い人生やなと、一人苦笑。勘だけでやってきた。

そのままでイイからねッ、と声掛け合って新しい事務所の仲間を増やしていければと思う。

二つ目は、一般社団法人「mother ha.ha」・マザーハハ。

「お母ちゃん！ハハハ（笑）」——みたいな社名。

ごはんを子供たちと一緒に思いっきり頬張りたい。

「おいしいね。おいしいね」と言い合って、大人たちみんなであなたを見ているよ、と伝えてあげたい。

「教える事は二度学ぶ事」と聞いたことがある。七十才から学べることがあるとすれば、こんな風景だろう。

「いっただきまぁーす！」

「ごっちそうさまぁ！」

「あぁおいしかった！」

「食べたか。みんなでお皿洗うんやで」

「またあした！」

ありのままの子供たちと過ごして、ありのままの自分と出会う。

雨がザァーと降れば真夏

どこを散歩しようか。どこかに旅に出ようか。上海の旧日本人街のポプラ並木か、大阪・御堂筋のいちょう並木か。新しい事務所は靖國神社のそばにある。毎日通う散歩道になる予感。虫の声や蟬の声や、若くして散った英霊の声をひとりで静かに聞く。

ワケも分からず万博

「万博は大変でしょう！」

「どうなるの？どうするの？」

「間に合うの？」

色んな人に声を掛けられる、そんな日々の中。


「大崎さん、万博が終わったらどうするの？」と聞く人がいた。音丸さん。

和紙・「かみ屋」の音丸さん。

「え!?」

「万博はこれからですから……」

「いやだから、終わったらどうするの、大崎さんは？」

想像していなかった。思いもよらない言葉だった。しばらく黙っていると、

「大崎さん、三カ月単位で、世界の色んな街に住んで暮らしてみればいいよ」

「住むとまた違った世界が見つかるから」

考えてもいなかった。次の次の人生。

「そっかぁ、そうしよ！」

世界中をぐるぐる、タイチ君

「大﨑さん、ボク万博やりたい。

一生懸命やるから」

そんな事を言ってくれる仲間がいた。一年中、世界のどこかを旅して暮らしている。「ニウエ」という南太平洋の小さな国の首相補佐官もしている。

「ぐるぐる回るのをやめるよ！だって万博楽しそうだもん」

その夜、京都に最終で向かう私をわざわざ東京駅まで見送ってくれた。力強く握手をしてくれた。ギュッ！

第4章

新しい朝がやって来る

ていねいに生きるとしよう

若い頃少しだけ、カジノに通った事があった。ソウル・プサン・マカオ・ラスベガス。カードゲームの「バカラ」一本だッ。プレイヤーの勝ちに賭けるか、バンカーの勝ちに賭けるか。引き分けもあるが、これはめったに無い。シンプルなゲームである。時として、プレイヤーの勝ちが連続して続いたり、逆にバンカーの勝ちが続いたりもする。もちろん予測はつかない。そんな頃、憶えた言い回しがあった。

「もうアカンはまだイケル。まだイケルはもうアカン！」

バカラのテーブルの場の局面で、プレイヤーの勝ちが続く。二回、三回、四回、五回と続く。こんなに続くのだから、そろそろ次は、バンカーがくる！とバンカーにベットする。ところが、また六回目もプレイヤーの勝ち。じゃあ、今度こそバンカーだ！とバンカーに賭ける。見事にハズれる。八回目……プレイヤーに賭ける。なんと、バンカーがくる。

「もうアカンはまだイケル。まだイケルはもうアカン！」

事件事故が起きてメディアにさんざん叩かれる。バッシングの嵐が続く。一カ月、二カ月、三

カ月と。もうそろそろ終わりかとやっとホッとしていると、まだ続く終わらない。際限のないマスコミ報道にヘトヘトになる。いつ終わるんやろ、いつまでどこまで続くのか。もうアカンはまだがんばれる。もう終わったもうイイだろうは、まだアカン。気を抜くな、と理解することにした。

打たれ強くなったのか、老いと共に感性や勘が鈍くなったのか。それとも長年のアカンアカンでストレスに強くなっただけなのか。まだワカラン。

ランカウイ島より愛を込めて

モハマド・ユヌス博士のユヌスセンターから案内状が届く。

“13th Social Business Day 2023 - WAR, PEACE & ECONOMICS - FUTURE OF HUMAN BEINGS JULY 27-28 2023”

古希の誕生日を神秘な南の島で過ごすのもいいか。島へ。

エーゴわからへんけど、まぁええか。銭湯サウナに行かれへんけど、まぁしゃーない。成田空港は人もまばら。スリランカ出身のビレンドラ君と二人旅。「ホンダ・アッチ・パタベディゲ・ビレンドラ・ジャヤティラカ君」だ。

ビレは優しくてスマートな青年。

「ビレ、十年後とか、どうしてると思う？」と私。ビレはポツリと言った。「本国のスリランカに帰って、大統領になろうと思ってます」「え〜え〜」「ビレ大統領になるんか!?」

なんでも友人達が新しい政党を立ち上げる準備をしているらしい。彼を迎えるとか。現体制を変えて、子供たちを貧困から守りたいとおだやかに私に言った。

以前、何度かビレとスリランカに行ったことがある。大国インドのマーケットがあるから、有名な映画監督もたくさん活躍している。彼らのご自宅で色んな種類のカレーをたらふくごちそうになったりもした。

熱帯のアジアンリゾート建築の礎を築いた建築家のジェフリー・バワが生まれた国。バワ設計の〝No.5ルヌガンガ〟も近頃移設されてホテルになっている。『週刊新潮』のグラビアで見た。楽しみ。ハワイとかに別荘を持っている人達のシュミは理解できないけど、マンゴーやプルメリアの木の側でボーッと過ごすのはあこがれる。バスタブと水風呂のような小さなプールとサウナは必須。

インドネシアの友人のロサノ・バラクさんの奥様からプレゼントされたバティックを着て、真黒になった素足にサンダルと野良猫。野良同士で古希のお祝い。

四十六年間勤めた会社を辞めて気づいたことが一つある。

こんなにたくさんの人たちに囲まれて仕事をしてきたんだと。

現実社会で多くの人達と共に仕事をし生活をしてきた。うかつにも今になって気づいた事は、たくさんの人達に大切にされた自分が居た事だった。

私は何者なんだろうかと悩む若さはすでに無い。南の島で迎えた誕生日だけど生まれた日は遠くなり、死ぬまでの日々が近くなってわずかに残っている。目の前の大きなインド洋の小さな白い波も熱帯のリゾートホテルもベッドの横にあるメモときれいな水色のボールペン。全てが私を今ここに居させてくれていると身に染みた。

バタバタとしたサラリーマン生活も楽しかった。これからは、ヒト・モノ・海・山・小さな

生き物に向き合って、ていねいに暮らすとしよう。

ランカウイへの旅支度をゴソゴソとしていた。「アレ？免許証なくしたァ！」ちょうど免許の切り替えだから、まぁいいやとほっておいた。そういや保険証もヨシモトじゃなくなったから切り替えだ。会社のＩＤカードも早く返却しろと、催促が人事部からくる。ナンカ腹立つ。そもそも誰のオカゲで君達は！と老人のイカリ。トホホのホ。

我が身分を証明するものが手元から少しずつ無くなってゆく。

ていねいなつながりが必要な時代がやって来る

仕事時間でも無く余暇の時間でも無く。何も持たない人が増えていくとしよう。マーシャル・マクルーハンがその著作の中で、メディアは人間を拡張すると言っていた。せわしくやり取りをするＳＮＳはもっと進むだろう。合理的、論理的、エビデンス、データドリブン。勘や感覚は信用されず、人としての生き抜く力は劣化していく。だからこそていねいなつながりが必要な時代がやって来る。自分自身を、そして自分を囲んでくれている人たちを、大切にする事だと思い知った。

ていねいに老いてゆく、トシ喰うむずかしさはあるだろう。ましてゲイノー界のキッタハッタの中で過ごした私には、しょせん分不相応な願いか。南の島の四日間の出来事だったけれど、自然石と自然木とノラ猫たちに囲まれて幸せな旅であった。

おおさか、胸キュン

晩夏灯ともし頃、青白いカーバイトの灯りとアセチレンガスの匂いがした。地蔵盆の中に迷い込んだような路地《ろうじ》。この法善寺横丁の入り口には看板が二つある。喜劇王・藤山寛美と三代目桂春団治の筆。どっちかの看板の法善寺の〝善〟の字が横一本足らん。単に書き損じたのか、はたまたボケをかましておられるのか。どちらにしてもご愛嬌である。浪速男や、かまへんかまへん。

呂太夫さんとそぞろ歩く宵の町

人形浄瑠璃文楽の太夫、豊竹呂太夫が来年四月祖父・十代豊竹若太夫の名跡を襲名する。初代は江戸時代に竹本座と人気を二分した豊竹座の創始者で、名跡復活は五十七年ぶりとなる。――読売新聞の朝刊に掲載されていた。昨年四月、太夫の最高位「切場《きりば》語り」に昇格。

文楽座の公演がはねてロビーで呂太夫師匠とご挨拶。そのまんまブラブラ文楽座の裏通りへと向かう。ラジオ大阪ＯＢの上野ちゃんと三人連れ立って島之内にある「三国亭」へ。三人並んでカウンターの角かどに坐る。先ずはビールとギョーザ。「せやなぁー三人前にしよか」と師匠。「えーっと、キュウリやな、ピータン、おおさきさんピータン食べはるか?」「好きでっか!」「ハイ食べもんは好きと大好きの2パターンだけですわ」「八宝菜食べよか、ほんでなエビチャーハンと焼きそば頼んまっさ」「そいでなブタ天もいっとこか!」

大阪弁のみだれ打ちとマンプク。

腹ごなしにミナミ界隈ぶらり。ガイジンさんばっかりや。まぁありがたいコッチャやけど……。大阪はいかれころや。道頓堀から法善寺横丁へ。呂太夫さん行きつけのBar「路」へ。またカウンターの角かどに腰掛ける。

無頼オダサク。織田作之助『夫婦善哉』は映画にもなった。森繁久彌と淡島千景、柳吉と蝶子のご両人。うまいもん屋で〝めおとぜんざい〟を前にしてのやり取りが浪速の男と女の全て。しょうもない男と情け深いしっかり女の喧嘩のあとの仲直りの浪速ことば。なだめて、おどけて、かんにん、甲斐性無し《かいしょな》。かめへんかめへん。

法善寺の「花月」に春団治を二人して観に行ったり。

あくる日、はずみがついたのか、ひとりで大阪の町をゾロりと歩く。やっぱりホルモンやな桃谷の「万正」はニンニクぎょうさんやわ。せやなぁＪＲ鶴橋駅のガード下の「大門」いくか。ホルモンの串焼きやしショーブ早いわ。ちゃっちゃと食べて次行こか。ホルモンはドツボはまるわ。若い頃、用事《ようじ》もないくせして、日がな一日ウロウロしてた大阪の角かどと横丁《よこちょ》と路地《ろうじ》。お好焼いっとこか。生野の「小池」か御幸通商店街の「オモニ」か。東成の「くろちゃん」もトシいったやろな。銭湯もいっとこか。鶴橋のＪＲ駅ガード下の西側「東上温泉《とうじょう》」ここヒト少ないねん。寒《さむ》なったら河豚や。今里「あじ平」まだあるかなぁ。ほうか産業道路の「入船本店」でお鮨もええナ。一人前五、六千円しよるからちょっと高いわ。江戸前とか言《ゆ》うけど文政年間には江戸にも大坂にも鮨はあった。

ミナミまでちんたら歩くか。オムライスは「明治軒」ごはんがやわらかい。「重亭」のハンバーグ。世界イチの銭湯はしばらく閉まってる「清水湯」。「北むら」のすき焼きか。「はり重」の〝ビーフワン〟ってまだあるんかいな。

昭和と令和。畳屋町から周防町から八幡筋。日本人おれへんガイジンだらけ。堺筋玉屋町はホストだらけ。ホストだらけの中を若い女の子たちが徘徊してる。ホスト連中が若い娘に声を掛ける。「エエ男いてるんかいな！」女の子の方が余裕かましてるわ。宗右衛門町も周防町もガイジンガイジン。ディスコやったら「マハラジャウエスト」とイカボン。「葡萄屋」。ちょっと足を伸ばして日限《ひぎり》のママに会いに「パームス」へ。大麻とDCブランドやった。

　そんなこんなも思い出して、「今井」のうどんか「大黒」のかやくごはんか。「力餅」で赤飯とカレーうどんとおはぎ食べよか。今日の気分は島之内に戻って、大阪を代表するアホのショーハルの顔を見ながら「柳庵」でカレーうどん白いごはんに決めとこ。アホ決定。ほんでそんでカレーうどんを食べたあとは、千日前のアホほど濃い「丸福」のレイコー。鐘春《ショーハル》と昭和と令和が混ざった大阪。アホだけは変らず。

通天閣は高い

「大﨑さん、万博なぁ、ほんまは二〇二五年が三回目やで二回目ちゃうねん」「ワテな、そない方々《ほうぼう》あっちゃこっちゃに言いまくってるねん」

　吉本興業の創業者一族の吉本公一社長が真顔で私に顔をグッと近づけてしゃべりはった。マジかやんちゃか分からん顔してはった。

　一九〇三年の第五回内国勧業博覧会。十四カ国が参加した。パリのエッフェル塔の上側と凱旋門の下側とくっ

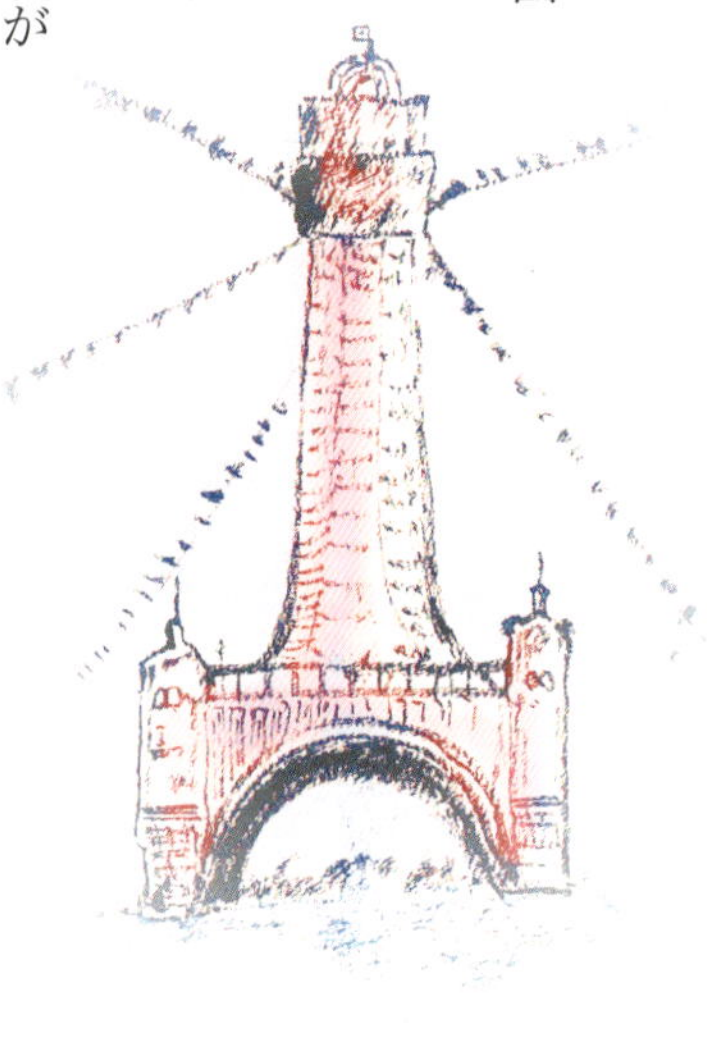

つけてパクった我が町の〝通天閣〟。知らんけど。吉本興業の吉本せいさんは一九三八年にこの怪体《けったい》な通天閣を三十一万円で買収してた。演芸場やサウナもあった。

　御堂筋の道路工事もナンダカ始まってる。「六車線の道路をぜーんぶ無くして公園みたいにするらしいでッ」と千日前の「あずま食堂」のおばちゃんが目《めえ》ひんむいて言った。「ほんまかいな！ほんだら御堂筋はパリのシャンゼリゼ通りたらみたいになるンちゃうんか」と私。「そんなもんなるわけないやん！アホちゃうかぁ〜」とやさしい笑顔に戻ったおばちゃん。

通天閣でデンして船場へ

新世界やジャンジャン横丁の大阪ディープサウスの熱気にやられ、風に吹かれたくて御堂筋を北へ。

　船場の「田村駒」さんから〝ビリケン・クリエイターズ・オオサカ〟やってるから来てぇな、と言われてたのを思い出して歩く。田村駒さんは一八九四年創業の繊維商社で〝糸へん〟の町の始まりやな。沼尻副編集長のご紹介。〝ビリケン〟さんのポップアートイベント。大阪の町を元気にしようと、たくさんの若いアーティストがビリケンさんのアート作品を発表していた。

　大阪の八百八橋《はっぴゃくやばし》は唄にもあるけど。時代も所も変わって第一次世界大戦のロンドンの街。ウォータールー橋《ブリッジ》。ロバート・テイラーとヴィヴィアン・リーの映画『哀愁』の舞台にもなった。一九四〇年の作品。バレエの踊り子マイラと将校のクローニンのロマンスである。二人の間で手渡し手渡され握られていたのは〝ビリケン人形〟。『別れのワルツ』と編曲された『蛍の光』が流れていた。

色んな外国の文化を取り入れ架け橋になってた八百八橋があるから今の大阪がある。ガイジンさんを受け入れて新しい日本を創るのがこれからの日本の「道」。アジアや世界中の国々と寄り添って相手に合わすとしよう。そして本当に守らなければならない～日本～をもう一度見直す。それが若者とガイジンさんの未来である。私たちは、ビリケンさんのようにただ黙って坐って世界福神になろう。だって万博、三回目やし。

夜がうっすら明けてきた。

大阪の町の夜のひきあげ。新しい朝がやって来る。

カメ虫目アメンボ科

今年はカメ虫があちこちに出てきてる。ニュースになってたカメ虫とジャニーズ。

打ち明けるとやっぱり雨が好きやった。幼い頃からずっと雨が友のように側にいてくれた。ひとりぼっちがやりきれなくて不安な時は、身体中に雨がザァーザァー降っていた。

すっかり忘れてたけどサ。

堺の実家。障子を開けると縁側があって、その向こうに手づくりの小さな池がある。隣りの安藤さん家《ち》の裏塀まで十二、三歩くらいの庭だ。鶴とか亀とかの形をした石がいくつも置いてある。おじいちゃんの安一さんがどこからか拾ってきた石ころ。確かおじいちゃんはおばあちゃんから、お小遣いとか一円も貰ってなかったような気がする。どこからか石を拾ってきては、鶴や亀や何かしらに見立てて庭のどこそこに置いてはまた並べ替え、眺めつつ楽しんでいた。池にはボクと姉が夜店ですくった金魚たちもいた。あめんぼもスイスイ長い足で跳ねていた。

ずっと昔、子供たちはあめんぼのようにひょいひょいピョンピョンとかわいらしく遊ん

でいた。そんなあめんぼも雨の日にはなんだか淋しそう。

　水に描く日ぐれの思ひみづすまし　　長谷川　双魚

広島へ、森山開次さんの〝サーカス〟の舞台を観に行った。演出家の佐藤幹夫さんと車中の待ち合せ。

開次さんの独創的な身体の動きが、あめんぼのように見えてきて、おじいちゃんの小さな池を思い出したりしていた。あめんぼ、雨、雨、開次さん、と一人でつぶやいた。客席の子供たちは、立ちあがってぴょんぴょんと身振り手振りでダンスをしていた。

舞台のスモークと明りが雨に煙るように感じられ、不覚にも私は眠ってしまっていたようだ。夢見るようなダンスを踊る開次さんのせいにしておこう。

ある日、中学一年生の学校帰り、雀と出会った。ボクの運動靴と雀が出会った。方違神社の境内を抜けて、道路を走りながら渡ったら、道の端っこのイチョウの木の根元にいた。ぐったりとした幼いすずめと目が合った。そっと手を伸ばして子すずめを手の中に包んだ。どしゃぶりの雨の中のびしょぬれすずめ。

部屋に連れて帰って手拭いでやさしく何度も拭いて、あっためた。水道水にお米をつぶして、つまようじの先っちょにのっけて食べさせた。

チュ（ン）と鳴いた。

四日目には私の部屋の中を飛んでいた。別れ難くて、「うん、まだ外の世界に戻すのはムリやな」とひとりつぶやいた。空に自由にしてあげた方がイイのはよく分かっている。そんな引け目もあっておじいちゃんに見せにいった。

「おじいちゃん、この間《こないだ》、ほうちがいさんのとこですずめ拾ってん」「ええことしたな、早いとこ親元に返したりや、淋しがってるで、すずめも分かるからな」「うん！……」

すっかり晴れた日曜の朝、縁側でボ～ッとしながら子すずめと遊んでた。チュンチュンと鳴いている。ボクはおマセな子でもなかったけど、「チュンチュン、チューか！」とニヤニヤしていた。

「あっ！」

子すずめは、縁側から小さな池を越えて塀の向こうの青い空と白い雲に向かってボクの目の前から飛んでいってしまった。

またひとりで金魚を見つめる日が続いた。あめんぼもどこかにいなくなっていた。

そんなまたある日。今日も今日とて縁側に寝っころがって産経新聞のテレビ欄を見ていた。

チュンチュンチュンチュン

あれ、聞き覚えのある声や！　顔を上げると、子すずめがお父さんすずめとお母さんすずめを連れて（連れられて）池のとこまでやって来た。親子三羽のすずめは、ボクの目の前、ホント目の前！にやって来てチュンチュンチュンチュンと鳴いた。ほんの三十秒だか一分くらいだったろう。そうして空へ帰っていった。

ホンマやった雀の恩返し。おじいちゃんは信じてくれるよな。


高校生になっていた。オッチョコチョイは変わらず、付和雷同は治らずボーッとしたまま宿題もせず。

お母ちゃんは「ひろっちゃん、浄光寺さんに行って、お茶習い」と言った。言われるままに、仏さんになったおじいちゃんやおばあちゃんもみんな眠っている菩提寺へお稽古に通うことになった。

〝古流〟という流派であった。自由都市・堺の豪商であり茶人であった武野紹鷗が、千利休に古流を伝えた。その古流から利休さんが、表千家・裏千家をひらいた（知らんけど）。彼らが修行をしていた、古刹・南宗寺にある〝実相庵〟という茶室でも、オッチョコチョイの私も幾度となくお茶を点てたりしていた。

竹で茶さじを作ったり。

竹を炭火で曲げて木賊《とくさ》で擦って磨《みが》いて、手仕事はこんな私にも人生の小さな気づきを与えてくれる。

でも私の落ち着きのなさは変わらず〝茶の道〟も分からないまま、今に至る。

祭りのあとの淋しさが
いやでもやってくるのなら
もう帰ろう

岡本おさみが詩を書き、吉田拓郎が唄った。

日本人の美意識の〝侘び寂び〟はつつましくてそして変化してゆく空にその心を写した。〝わび茶〟は世の中の、あるいは各々一人ひとりの不足を肯定したであろう。しかしながら時が経てば質素から華美へと流れるのも世の常であろうか。
悲しくなるほどに、旅を〝観光〟と言い換えてしまったのは、誰のせい。いつの頃から。

ひとりぼっちと気づかせてくれるのも、旅である。
やり切れない独りが独りだと気づかせてくれるのも、また旅である。人は独りで始まるのか独りで終わるのか。
あの時あの頃、独りで終わらないと気づかせてくれたのは小さなすずめ。昔の時代のほうが雨が多かったんじゃないかしらん。

草枕ならぬ、広島の駅前のビジネスホテルのベッドにもぐり込んだ夜。

あの時、風が流れても

そっか五十年が経ったんや。

そっかぁ半世紀やん。

若者から老人になった半世紀の時間の流れを実感した日。


沈丁花の花が頭の上から匂ってきた。社会学部の裏の坂道を集団より遅れがちに歩く。

みんな同じ年恰好の若者達だ。中二階の部屋の引きこもりから抜け出して間も無いボクは、みんなと揃って同じ方へ歩いていた。入学時のオリエンテーリングを受ける日だった。

人混みの中で、なんだかふわふわとした妙に切なくて、やりきれない気分だった。

ひとり閉じ籠った実家の自分の部屋から抜け出して、大勢の人達と同じ目的で同じスピードで同じ歩幅で歩いている。借り物のような自分がいた。

千里の山の千里香

登り坂にあった沈丁花。甘い残り香が永久に続くように五十年後の未来、私に届いた。

一九七四年四月、大阪の千里丘にある関西大学に二浪の末やっとこさ入学。みんなと上手くやっていけるだろうか。みんな明るい。高校生活の真っ直ぐな延長線上から屈託無く、そのまま大学へやって来た若者達。

『46 years ago ～万博と社会課題解決と地域と祭り～』

そんなタイトルで、母校の校友会の総会で講演をした。

「四年間の学生生活で授業を、まともに受けたのは僅か七、八回という体たらくでした」

開口一番そんなワケわからない挨拶から始まった。

講演が終わって懇親会にも参加した。次から次へと諸先輩やら後輩という方々と名刺交換が続く。用意して持っていた一箱まるごとの名刺がすっからかんになった。

入学時に少しだけ部活のマネ事をしていた。部室で昼寝をしていたら、ガンガンガンと金づちの音が部屋中に響いた。

「うるさいなぁ！おまえら！」

「なんやと！おまえはダレや、コラァ！」

ドナリ合いをして、タテカンを作っていた先輩達と揉み合ったりした。先輩といっても、二浪の私からすれば年下か同い年だけどね。

当時のボク達は〝三無主義〟とか呼ばれていた。無気力・無関心・無感動。オマケに無責任とかもくっ付いていた。

でもまだチョッピリ学生運動の残り火が学園のアチコチに漂っていた。一九七〇年にコロンビア大学の紛争を描いたノンフィクション映画『いちご白書』が上映され、バフィ・セント・メリーが歌った『サークルゲーム』が心に残っている。


〝石川青年を救え！〟

〝人民分断〟

〝日帝国家権力を許すな！〟

タテカンが立ち並ぶ中、フォークの神様・岡林信康の『手紙』が唄われていた。

ノンポリも反体制を叫ぶ若者達も、みんなそっくり同じ顔をしていた。別れ別れの二つの道を指差しながら。どっちの学生も同じ顔つき。

九月もとっくに過ぎて十月も半ばを過ぎ、いつまでも続きそうだった今年の真夏。懇親会をひとり抜け出してそっと外へ出ると、秋風と冬の気配が一緒になってやって来ていた。講堂の階段を一つ一つ降りながら季節はやはり巡るものだと思った。

お祭りはバクハツだ!

二〇二五年万博のコンテンツは〝お祭り〟で決まり。

手に提灯を持った世話役のお年寄りが、おみこしの先頭を歩く。力自慢の若い衆が、おみこしを担ぐ。子供たちは、おみこしの中で笛を吹いて太鼓を叩いて。壮年の男女がおみこしの周りを守って歩く。地場で採れた野菜や魚で自慢のちらし寿司のごちそうを作るのは女たち。近頃は若い男の子も作る。おばあちゃんもお母ちゃんも親戚のおばちゃんもみんな参加・参入。器やらお皿も手作り。祭りのコーフン冷めやらぬ中、ガキもこしらえる。子だくさんの町内。

それぞれに持ち場があって声を掛け合い大忙しで――笑ってる。

祭りという共同体の中で、先祖代々みんなで育んできた「日本人の美意識」。手渡される神輿や山車。

高層ビルの中のおみこしも、新しい大学の校舎の中をウロウロ歩くOB達も、アナクロというか、なんだか哀しいほどに似合わない。

おみこしが似う家々の軒下が無くなれば、おみこしも通せんぼ。雨やどりも出来やしない。巡る季節も来やしない。


Z世代が社会の中心になってきた。人の為になる事をやりたい。誰かの助けになりたいと思い、悩み、たくさん反抗する今の若い子たち。

若者達は何に向かって歩くのだろう。

何に向かって並ぶのだろう。

その時、何を口ずさみ歌うのだろうか。

デジタル社会を創り出しその世の中で繋がりを求め。

向社会性を求め自らのアイデンティティーを探して。

大人達には、ウロウロとあわてふためき、忘れ物と落し物と探し物の時間が残された。

そこにはただ、風が流れているだけ。

つるべとおとし

私にとって、秋はあくる年の新しい道しるべを探し出そうとする季節。

並木道に枯葉がいっぱいに広がった。ガサガサと歩く。そんな時にまだ見ぬ新年の道筋を考えたりする。

来る春の声を聞く為に古い葉っぱを自ら捨てる。木々は昔からそう決めているかのよう。銀座の並木道も外苑前のため息が出そうな真っすぐな道も。

一日の陽の暮れやすさの〝つるべ落し〟、秋のすべてが一瞬で終わっちゃったようなそんな二〇二三年だった。

釣瓶落しの〝釣瓶〟そのものが、もう日本には存在しない。俳句の季語だけど忘れ去られる日もそう遠くない。

日本の笑いの質が変わったあの時

フラッと十二月に銀座に来るといつも思い出す光景がある。

一九八〇年十二月三十日。年の瀬の慌ただしい中ボクは汗びっしょりに走ってた。

フジテレビ「THE　MANZAI」の第五回目の放送の日だった。マンザイブームが沸騰しかかっていた。銀座博品館からの生中継。関西の視聴率は、四五・六％にもなった。

ツービート、ビートたけし・きよし、島田紳助・松本竜介、B&B、島田洋七・洋八、西川のりお・上方よしお、ザぼんち、おさむ・まさと、星セント・ルイス、太平サブロー・シロー、おぼん・こぼん、春やすこ・けいこ、西川きよし・横山やすし。みんな若かった。

銀座のさんざめき、客席の歓喜と楽屋の正気と舞台の狂気。

そこには確かに存在していた時代の空気を吸い込んだ漫才師達のジャーナリスティックな笑い。

漫才師それぞれが身の丈いっぱいのメッセージを伝えるために叫び、落とした。

世間への風刺も怒りもシニカルにそして大胆に取り入れていた。

笑いには全ての傷つきやすい心を限りなく抱擁しそして希望へとつなぐ力があると信じていた、あの頃。

一九八〇年の十二月三十日はボクにとってそんな日だった。

一九六一年、「夢で逢いましょう」「シャボン玉ホリデー」が始まる。日本のテレビに〝バラエティ〟というジャンルが芽ばえた。

一九八〇年五月、「オレたちひょうきん族」が始まる。

一九八〇年十月には、新宿スタジオアルタから「笑ってる場合ですよ！」がお昼にスタート。

フジテレビのこの挑戦が、日本のバラエティ番組を改革し、その時代の若者達の感性を変えたといっても過言ではないだろう。

枯れ葉散る季節が幾度も過ぎて

一九八五年、ダウンタウン松本・浜田は、フジテレビの深夜番組「冗談画報」のスタジオに登場する。

一九八八年、「夢で逢えたら」がスタート。

一九八九年「ダウンタウンのガキの使いやあらへんで！」スタート。

一九九〇年の「ダンス・ダンス・ダンス」を経て、
一九九一年の十二月、「ダウンタウンのごっつええ感じ」が日曜夜の八時から始まる。

つるべ落しの底なしの笑い

しかしこの後、六年余りの歳月を経て突然、番組は終了する。

その直前の放送で豚が食堂の食べ物を食いちらかすコントがあった。スタジオの片隅でそのコントが成立してゆくさまを見ながら、人間心理の深い底を垣間見た気がした。ただひとりボクだけが感じたのかも知れないけど。

「アカン！」「このままコントを作り続けていけば、間もなく松本人志の身も心も崩れていく」どうしよう、この流れを止める訳にもゆかず、それは私と出演者との別れになるかも知れないと感じた。

狂気と笑いが同義になり、行き着くところまで行ってしまう。あとに残るのは、死というオチしかないのだろうかと…。

そんな恐怖と決意のただ中で突然、「ごっつええ感じ」は終る。

芸人とそのちっぽけなマネージャーが、一方的に番組の終りを告げる。おそらく日本のテレビの歴史の中で最初で最後の出来事だと思う。

一連のコントは、予想だにしなかった角度からの発想と、どこか人懐っこい奇妙なキャラクター達が、まだ見ぬ景色を創作し続けていた。人知れぬ構想力と飽くこと無き笑いへの挑戦である。

一九九七年十一月に終りを告げてしまった奇跡の「ダウンタウンのごっつええ感じ」。業界の関係者やマスコミからの冷めたバッシングの中、ボクは十二月の銀座通りをトボトボと歩いていた。

「来年の手帳とか買って、そのあと銭湯にでも行ったろ!」「せやけど、ヨシモトもクビになるやろうし、ギョーカイもどこのテレビ局もオレ達は出入り禁止やろうな…」。

「干されたマネージャーにスケジュール管理も手帳もいらんな」。伊東屋のウィンドーの前で引っ返した。

日常と非日常、正気と狂気。テレビという日常にぶっ込まれた特異な人なつっこいキャラクターとコント群。

作り込まれたバラエティ番組は早晩無くなるだろう。一人ひとりの芸人たちには生きる力がある。彼らはしぶとく生き残るだろう。ある芸人は新しいSNSメディアの中心に、ある芸人はスナックの店長に、またある芸人はキャベツやら野菜を栽培しながら村の人気者になっている。

Z世代の若者が大手を振って歩いている。彼らの企画力と制作力が本当に次の日本のバラエティを作りだしてゆくのだろうか。当然フツーに考えてみれば、テレビ局から挑戦者が現れる事はもう無い。

個人の〝好き〟が超々細分化されデータ化され、スマホの中でお祭り騒ぎになり大きなうねりになる昨今。

だからと言って、大手新聞社からデジタル情報サイトに転職したり、そうかと言ってテレビ局を退社してユーチューブやSNSの動画アプリに職を求めるのも了見が違ってる。

かつて、ポップカルチャーの主人公達は雑誌やラジオやテレビから生まれ、ムーブメントを起こし続けてきた。

昨今のジャニーズ問題に対するテレビ局やBPO（放送・倫理・番組向上機構）の対応をみていても、そこに矜持も英断も落しどころの間合いも有していない。

新たなコンセプト・概念の確立を目指す事も無く、表現者として自由を求めて命すら賭けない。

テレビは、具体的に現実を見るチカラがあるメディアだ。そのテレビが具体性も無く現実的な対応も出来ないでいる。

あーだこーだと思いながら銀座の街の端っこにクルマを停めてタバコを吸った。窓を開けて煙を吐いた。ふう〜。

ボクを仲間と思ったのか枯葉がクルックルと飛び込んできた。

日本の笑いは世界で一番だと思う。新しい笑いがこの日本から生まれる

瞬間が今後もあるのだろうか。
アウトサイダーの人たちよ、新しい道を落ち葉のむこうに切り拓いて欲しい。
苦いのは人生だけで充分だ――と誰かが言った。そんな十二月。

第5章

みずみずしい希望

な〜んも思いつかない日

十二月はそんな緩みきった日が続いた。ひとりでうなだれてみたりエイヤーッと声を出してみたり。

何かの拍子に背筋がゾッとして風邪引いてしもた。咳も出始めると止まらぬ。うっそ熱も出てきたかも。


子供の頃は、しょうが湯を母が手作りしてくれた。昭和の水銀体温計をビュンビュンと下に振って三十四度とかに下げる。脇の下にちゃんと挟んでるんか？と念押しされたり。

「エライ熱やんか」

「早よ、汗しぃ！」と、お母ちゃんもおばあちゃんも口を揃えて大騒ぎ。

下着を二重三重に着せられて、おじいちゃんの古くなった〝らくだ風〟のパッチも着せられて。

毛布も重ねて蒲団を頭から被せてもらう。

「この手拭いで、汗、出てきたら、あんじょう拭くんやで」


重い暗い蒲団の中でジーッとガマンする。

「お母ちゃん、もうええかなぁ」

「まだまだ、アカンよ」

「ガマンするんやで、ガマンしぃ」

「もっと汗しぃ」

「もっとガマンしたら、汗かいたら熱が下がるから」

心細くて、さみしくなって、うなされる様な真っ暗な真っ黒な世界。

早く蒲団からプハァーっと飛び出して、汗びっしょりのからだをきれいにしてもらいたい。

「よくガマンしたね、もう出ておいで」

母の言葉、今も残っている。

何か困った時。真っ暗になって何も考えられない時。もうどうしようもなく辛くて分からんようになった時。

「ようガマンした、えらいえらい、もうええよ、出ておいで」


素早く汗ビッショリの頭をゴシゴシと、からだも念入りに拭いてもらった。洗いざらしの木綿の下着に着替えさせてもろた。

「みかん食べ」「麦茶のみ」

缶詰の甘いみかんが、ちゃぶ台に置いてある。紙ふうせんくれた富山の薬

売りのおっちゃんの常備薬。漢字だらけの袋に入った風邪薬。お白湯《さ》で飲まされる。

なんだか恐そうな赤い袋の頓服薬がチラッと見えた。これは子供だから飲まされない。

「早よ寝ぇ」

おばあちゃんが蒲団を敷いてくれてた。ひとりポツンと薄暗がりの部屋で寝かされる。台所とくっついてる茶の間から、みんなの笑い声が聞こえてきた。テレビから歌手の声が聴こえてきた。

誰かな、舟木一夫や！次は三田明かなー。


あれッ？みんなでお餅を食べてるやん。ゴソゴソと這い出てふすまを開ける。安心のかたまりやん。おじいちゃんもおばあちゃんもやっちゃんもお母ちゃんも、いつも仕事でいないお父ちゃんも、みんないてる。

なぜかみんなやさしい。

オデコに手を当てて、「熱下がったな」とお父ちゃん。掘ごたつに潜って、もう一度みんなの顔をクルリと見回した。

ガマンして良かったたぁ。


そんな幼い頃、〝居場所〟なんて言葉は知らなかったな。

今は知ってる。

本まで出した。

あの頃あった居場所は、もうとうの昔に無くなってる。新しい居場所を作る、探す、旅に出る、出会う、くり返し見つけようとする。我慢すれば、いつかは見つかる居場所。あの頃、母が教えてくれたこと。


生まれ育った土地でずっと暮らし続けている人たちと、ふるさとを離れて大人になっていく人たちと。

一人ひとりの生活と人生観は、その根っこから違う。畑や川や山に囲まれて手仕事を重ねる日々。ビルやマンションや地下鉄に囲まれた効率性の日々。

それぞれの愉しみの見つけ方は違うだろう。

あのまま堺で生まれて育って、堺で老人になっていたら、と思うことがある。日毎の愉しみと居場所探しは明日も続く。

十二月十日の日ようび。島根県西部に〝石見神楽〟を訪ねた。石見地方に根付く〝神楽〟は、それぞれの時代の変化と共に歩み続けそして伝承されてきた。その土地に住む人々の限りない一途さの賜物であろう。

この期間は、〝石見の神楽在月《ありづき》〟と言うそうな。月あかりの下、小さな神社にそっと足を入れる。岡﨑神楽社中の皆さんが待っていてくれた。

〝夜神楽〟が始まる手前のお陽さんの明るいうちに「福屋神楽衣裳店」を訪ねた。川邊志津枝さんは私なんかより年上だけど、まるでお嬢さんのよう。一針一針と心を込める。静かな夜にも一人で手仕事をなさっていることだろう。〝舞衣《まいぎぬ》〟を皆んなに手伝って着せてもらった。どっこいしょっと。

「えー、こんなに重いのですか！」

二十kgは超えている。

志津枝さんは、子供の頃から大人に混じって山仕事をしてなさった。煙草の〝しんせい〟三十円の時代。

「柿田勝郎面工房」を訪ねる。息子さんの兼志さんが受け継ぐ。木彫りの面を使っていた江戸時代から、石州和紙を使って面を作ることを考案なさった。激しい演舞の舞手にとってこの軽くて丈夫な面は、自由な神への祈りの表現になったことだろう。ただ一人の為に一つひとつ手仕事で誂える。裏にある工房にも連れて行ってもらう。木と土と和紙と神の棲家。やさしそうな奥様にも私はちょこんとお辞儀をした。

神楽のおろちの胴を製作している倫吉さん。大蛇は全長十七ｍにもなる。自らの足で山に分け入って竹を切り出し自らの手で削る。御年九十歳、植田倫吉さん。蛇胴作り、一本の道。

「竹をこう細く削って、ここは三角形にするんだ」

「そうすると軽くなって強くなる」

「和紙は、ほぉれ、こう三枚を重ねてな、竹の輪にこうして貼り合すんだ」

「この包丁を押して切るんです。ひとつひとつの竹に合《お》うたように動かしながら……」

「自然に乾燥させせんと、これが、ほ～れ、きちきちになるだろ……」

倫吉さんが、あんなに喋られたのを初めて見ました！みんな驚きながらニコニコしっぱなしだ。

小高い丘の倫吉さんのお住まい兼仕事場から海が見える。電柱に

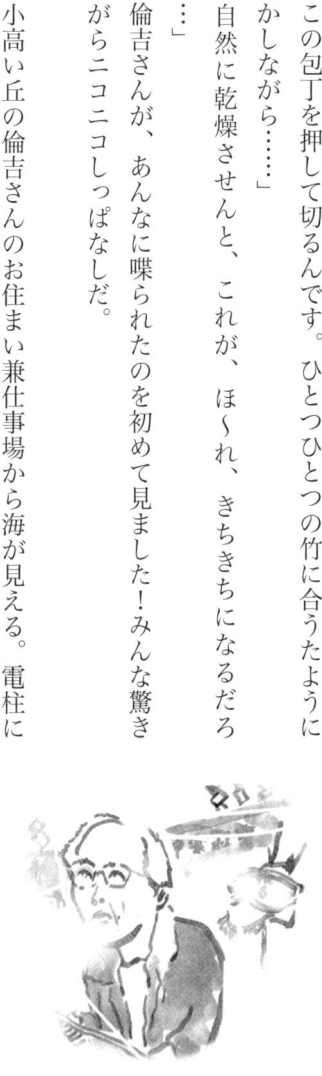

ポツンと明かりが灯っている。
夕暮れの日本海。
その表情はやけに人懐っこくて季節を惜しむよう。
土着と旅と忘れ難き別れ。
もう少しだけ、ガマンしてみようと思う。

幼い私にしてくれていた、母の〝面倒見〟。
オギャーオギャーとおむつ替え。泣きなさんなとケガの赤チン。
学校や裁判所からの呼び出しに黙って寄り添ってくれていた。
幼い私への慈しみの面倒見。小さき者への返礼をこれからせねばならぬと思う。
思いつかない日は無い。

ため息ひとつひとり

日本橋本町へ、〝かみ屋〟の音丸さんに会いに行く。年末年始の無沙汰と無礼を伝えに。頂き物の日本酒をぶら下げて。

なんとまぁ、ジンセイイチバンの絵に出会った。〝美〟の素養も無く、感動を言葉にする術ももちろん無く。

息が止まるほどの、ふぅーっと長いため息。

枯れた草原に一匹の年老いた狼が後ろを振り返っている。絹本墨画というそうだ。東京芸大の子に教わった。

狼の目が、なんだか人間の目に見えてきた。

(うん?オレか!)

「なんだコイツ」

これほど心ゆさぶる絵に出会ったことはかつて無かったはず。思わず冥想。息を吐いて大きく吸い込んで胸いっぱいの僥倖。

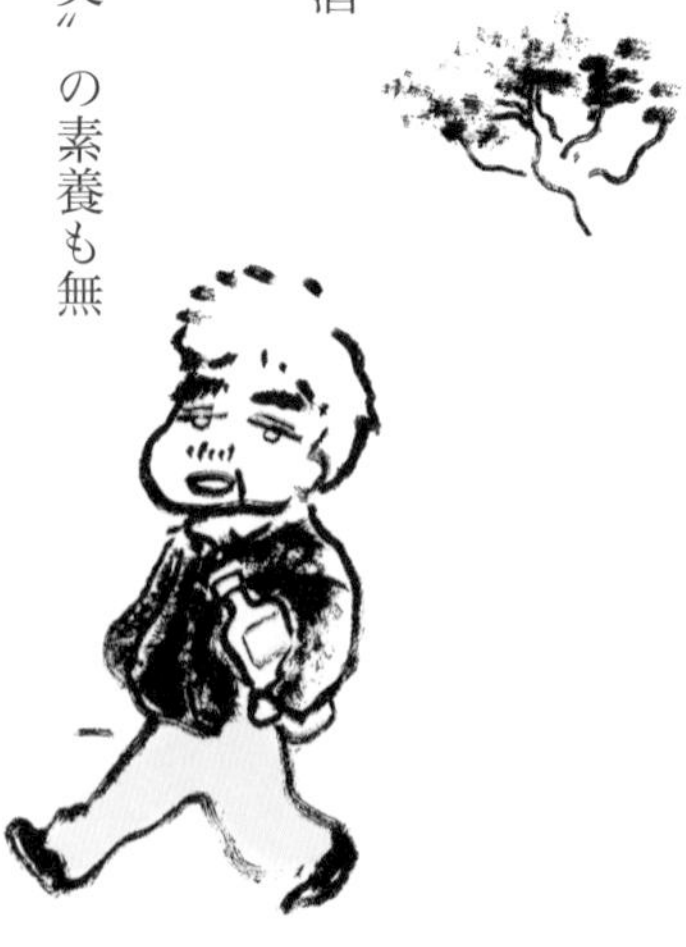

無粋やなぁと思いつつ、音丸さんに許しを得てスマホで狼のかけ軸をパシャリと撮る。

幕末から明治に生きた画家だとか。動乱の末、死んでいった地方の藩士達と、明治へと生き残った藩士達と。それぞれ時代を切り拓いた若き群狼。

はて、死んだ生き残った、どちらが本物なんだろうか？

年老いた一匹狼が群れから自ら離れ、何を想い、振り返ったのだろう。

生きながらえた狼たちが創ったこの日本。いや、自ら死んでこそ本物なんだろうか。

そんな翌日、若いポップアーティストたちと雑談をしていた。パシャっと撮った件の写メを見せた。

（どうだ！ドヤ！）（大感動を期待）

「え〜、何コレ？」

「ドーベルマン？」

「こんな昔から、ドーベルマンが日本にいたんだぁ」

「耳がピクッと立ってる！」

「かわいい！」

本日もまた、ため息三つ。

やんばるへと向かう

いつも通りの青い空と青い海が見えてきた。ＪＡＬ便の観光客達は楽しそうにザワつく。私は、シートに坐りながらゴソゴソとセーターを脱いでショートコートも脱ぎマフラーもバッグに仕舞い込む。

いつも乗っけてもらっているドライバーの喜友名《きゆな》さんが空港ロビーで待ってくれていた。私より確か七、八才年上。お互い手を上げてボクはワゴン車に乗り込んだ。かれこれ二十年の付き合いだ。沖縄のあっちこっちへ行ったもんだ。いつものようにオキナワの歴史や物語をクルマの中で聞いたり、沖縄の色んな道の謂われを教わったり。

喜友名さんの家の庭には花や果物の木が植えられている。まっ赤なドラゴンフルーツも育てている。あまりにも生命力が強くて周囲の草花が育たない。南の島の燃えるような命の取り合い。ここにも戦《いくさ》がある。

五十八号線と沖縄自動車道をひた走る。ボクはキユナさんの奥さんに作ってもらったホットコーヒーを頂く。ハワイ島名物のコナコーヒーだ。キユナさんは、それを粉コーヒーだと思っていたらしい。昔は米軍基地からの横流しで買っていた（！）。

ゴッパチを走りながら海を眺めたり、基地やオスプレイを見つけたり、小さな古民家をポツリと発見したり。北へもっと進むと、おばぁが二人ちょこんと並んで坐っている共同売店があったり。

白く遠い水平線の向こうには、神々が住むニライカナイがあるという。

目的地、やんばるに到着。大宜味村の塩屋の村落へ入る。歩き出す。青い塩屋湾に三方を囲まれ、廃校になった奇跡のような塩屋小学校がある。やんばるアートフェスのメイン会場になっている。村のおじぃとおばぁが学芸員よろしくアート作品の説明を自慢げにしていた。

塩屋の村落を巡って

塩屋地区長の知念章さんのうしろにくっ付いて、かつての人々の暮らしの記憶をたどる。民家の壁や塀に当時の写真が大きく引き伸ばされて貼られてあった。不思議オモシロイ。村落中が野外写真展みたい。

〝塩屋ウンガミの記録〟は写真家の故平良孝七さんの作品で、やんばるの森ビジターセンターの観光協会の中で展示されて

いた。ここに私の次男坊のフミが移住している。

海神祭《ウンガミ》は祝女《ノロ》を祭司として、来訪神《ニライカナイ》を招き、豊穣や無事を祈る。素朴な風習が強い光の中で今も色濃く残っている。立ち眩むような一日の終りだった。


もう三十年も昔になってしまったけれど、西川きよしさんと本部町に取材に行った事がある。小さな畑がある小さな赤瓦の民家がいくつもあった。九十歳や百歳をこえたおじぃおばぁが住んでいる集落を訪ねた。ゴーヤーや島ラッキョウの畑仕事の合間に、島の黒糖をつまんで、やかんに入った泡盛をちびりちびりと向かいあって飲んでいた。おばぁたちの名前は〝なべ〟さんとか〝かま〟さんとか。日がないちにち〝ゆんたく〟して気がむけば三線を弾いたり踊ったり。戦世《いくさユー》からアメリカ世《ユー》を乗り越えて、しわくちゃな柔らかなため息。

そっと寝床に入る頃には畏敬と畏怖が入り交じり、風に吹かれ土に混じり、そして人々は骨になり粉になり再び青い空青い海へと帰る。私の魂は島の熱風にやられてしまったようだ。


大宜味の村にはもう一つの奇跡がある。金城笑子さんの店、「笑味の店」。

「食べる」「料理する」は生きる一番のよろこび。――と本の帯にある。

昼下がり、お店の軒下で太陽の陽ざしを避けながらごはんをいただく。

夕方近くになると自分の身体が、「あ〜健康になってる！」と分かる。不思議なことにみごと自覚できる。

よもぎ餅、ウムニーイリチィー、ヤマンイリチィー、ハンダマのポロポロジューシー、シークワーサーのジュース、イーチョーバー酒、豚レバーと豚赤肉のおつゆはチムジンジ。

なんのことやらと思われるでしょ。

シルイチャーのスミ汁、モーイ豆腐、まだまだある。青パパイヤとピンガーイチャーの炒め煮、ナーベーラーウブシー。

なにがなんだか分からない。

「カメーカメー」食べて食べて。

「アーチーコーコー」熱いよ。ゆし豆腐。

幸せは、「毎日することがあって、したいことがあることよ」

長寿の楽園。

沖縄県国頭郡大宜味村字大兼久。

笑味の店

幸せは土と塩のごちそう。

ため息ついているばあいか、つく暇もなし。

これはローカルデスカ？

インバウンドで日本にやって来るガイジンさん達は口々に言う。

Is this meal local？

ホテルや旅館の朝ごはん。お決まりの定食みたいなのじゃ無くて、地元のじいちゃん・ばあちゃんが昔から食べてきた「朝ごはん」を観光客は食べたいんだ。


地方を消滅させないただ一つの方法は、農畜水産業を守ることにつきる。農家を訪ねてハナシを聞くことがある。

「ワシ等は親や先祖から受け継いだこの田畑をずっと守ってるけど、もう息子の代には畑仕事はさせられないよ」

「三百六十五日、数日の休み以外は朝も早よから夜なべまでずっと働いてきたさ」

「嵐がくる、霜がおりた、害虫やら。働きずくめはワシ等の代でお終いにする」

私はトウモロコシが大好き。群馬の昭和村の畑へ季節になれば通う。とは言っても仕事が相変わらずバタバタとしていて、前日にならないといつに行けるかも決められなかったりする。

そんなこんなで仲良しの昭和村の加藤さんの畑へ東京から直行する。加藤さんは三回に分けてとうもろこしを植えてくれている。六月と七月と八月と。

「あした、行く約束ダメになったぁ！」

「ゴメン、加藤さん。来月の土曜日に絶対行くから！」

三回チャレンジが出来るようにしてもらっている。畑の真ン中で、エヘヘ～といいながらとうもろこしの皮とヒゲをむしり取って、おもむろにムシャムシャ食べ出す。三本はたいらげる。

そのみずみずしいこと。

初夏も真夏も晩夏も。

たくさんのとうもろこしやほうれん草をもらって帰る。ダンボール箱にほうれん草を入れる。キチンと一束ずつ立てて入れるのがコツ。

村の若い仲間が並べてくれる。

そんな風景が日本中から消えてゆく。コンニャクも苺もりんごも食べられなくなる。

『日本沈没』という小松左京さんのSF小説があった。地殻変動で日本

全体が沈没してしまうという近未来小説。

農家が無くなってゆく形で日本が沈没していくとは想像もしていなかった。でも！そんな日本がすぐソコに来ている。

農業の再編集が必須だ。ローカル料理のレストランを作って地元の女性の働き場所もあり、残飯は土に還し、そしてみんなで健康になる。生産と食べる事と健康になる事が一つのユニット。歩いて、チャリンコに乗って、十五分圏内に小さな都市機能が有る。農業を中心とした地方のコンパクトシティ。岩手県の紫波町でもうじき始まる。私もワクワクするプロジェクトに参加する。暮らしやすい村には人が集まりやさしい笑顔が集う。中学校を卒業した子供たちを集めて農業の学校を作る。使われなくなった校舎や校庭にレストランやサウナや寄り合い所や小さな図書館を作る。近くにいくつも廃校がある（地元の人たちは決して〝廃校〟とは呼ば無いけどサ）。

二つ目の廃校の近くに小さな造り酒屋がある。きれいな井戸水もある。ここは日本酒の学校に出来ればいいな。酒饅頭食べたい。粕汁旨い。

コメディ学校やeスポーツ学校とか、ヒップホップ学校とか、たくさん地方に出来たらいいな。世界中のシェフに来てもらって地方の食材を世界デビューさせたい。なんでもかんでも世界デビューの学校やん。そんな夢々。

新幹線は五分遅れで三河安城駅を過ぎた。お年寄りの急患でその対応のようだ。

気を付けないとナ。私の身体も老朽化してくるけど、町や村や商店街も道路や水道のインフラも古びてきた。

久しぶりの神戸。東京から新幹線。駅弁買って乗り込む朝。朝メシはシウマイ弁当から。〝公益資本主義〟の原丈人さんと夜、ごはんを食べる約束をした。

新神戸駅に着いた。三宮まで歩く。三宮～元町～花隈へと歩く。右手が山側、左手が海側の商店街を西へと向かえば向かう程に、レトロとキッチュとマニアックな店が並ぶ。いや、その昔はゴチャゴチャいっぱい並んでた。今は大半の店はシャッターが下りている。

昭和の頃、三宮の高架の入り口にあった「レッド」、その先に「タイガース・ブラザーズ」、元町高架《モトコー》下を過ぎれば「ミスターボンド」。途中に台湾料理やらコンバースやケッズのスニーカーショップ。中古ウクレレや昭和歌謡レコード店。濃いコーヒーを飲んで古本屋さんで詩集でも買うとしようか。

「せや！」

谷川俊太郎さんからビデオメッセージが届いていたんだ。

「おおさきさん
やっぱり万博ほんとうにやるんだね。

おおさきさんが私を誘ってくれたので、何かのかたちで車イスの上からでも役に立つようなことをしたいと思ってます。

よろしくお願いしまぁーす」

スマホの動画から拝見する優しくお顔の色つやも良く。

俊太郎さんのその鋭い眼光は二十億光年からやって来ていたのだった。


『今日は誰にも愛されたかった』

谷川俊太郎さん、岡野大嗣さん、木下龍也さんの連詩の本を、ヨカッタヨと息子の結《ゆう》に教えてもらう。山手の北野の異人館近くの本屋で買うとしよう。


ところ変わって西成は鶴見橋商店街を歩く。こちらはガイジンさん達で賑わっている。アホの友人《ツレ》、ショーハルと夕方からアテもなくブラブラ歩き。お好み焼き↓銭湯↓お好み焼き↓銭湯とハシゴした。オレもアホやった。

昔ながらの安モンのブタバラ肉と安モンの粉かつお節と安モンの青のりのお好み焼きがこれまた旨い。コテでハフハフしながら食べた。ガラスコップに入った水道水をイッキに飲む。店を出てタバコを吸って店の真横にある銭湯へ。だから昔ながらの下町はイイ。職住接近ならぬ、食湯接近。

　年寄りが多い銭湯はガラ空き。アホみたいに水風呂の冷たさを自慢している近頃。ぬるめの水風呂に長い目につかるのがツウというもんや。銭湯を出てまたタバコ。血《チ》ィが良くまわってるからニコチンが血流に乗ってタバコがウマイ。腹ごなしにザワめきの商店街をブラついて路地を曲がってまた銭湯へ入る。

「七福湯」

　近くに「近所のおばはん」というネーミングの居酒屋。スナック「うらまち」もある。

　色々ある町。イロイロある。

楽しかった、にぎやかだった町
ついこのあいだまで、若かった町
さっきまで、やさしかった日本という国。
あられもない。

廃校に増築が始まった

梅の早春も見過ごしてしまった。
冬鳥たちの北帰もいつになく始まっていた。

山からの吹きおろしが、川沿いに挟まってスピードを上げてくる。やはり北国だった。
東北にもうすぐ春がやって来る。桜の蜜を舐めにメジロやヒヨドリや、おまけに私の大好きなスズメまでやって来る。ルリタテハの蝶も、その姿のままに越冬をしてきた。早くオイデ春と晴。

紫波町は盛岡と花巻の中程に位置する。匂いやさしい白百合が咲く北上川が流れている。石川啄木がわずかな人生で向きあった奥羽山脈の山々。宮沢賢治が仰ぎ見たクレヨンの青い銀河もそこにあった。
冷害が続き大凶作になり餓死者を大勢出した東北地方である。命を懸けた百姓一揆のムシロ旗

も冷たい風の中を走っていただろう。

そんな季節や時代の流れを冷たくなった頬に感じながら、紫波町役場へ向かう。

朝食バイキングでお味噌汁を二杯飲んだから喉の具合もいい感じだ。ニコチンが洗い流された。わずかに残った雪の山を見ながらタバコを取り出す。

10時から始まる「ノウルプロジェクト」のデザインチーム会議に参加した。〝ノウル〟とは、「農業で生きる、農村で暮らす」を連想イメージして生まれた言葉だそうな。地元の岡崎正信さんや若い町役場の人たちの力強くしなやかな決意だろう。農業の価値を再編集しようとするプロジェクトになる。

地方創生と共に地方移住が叫ばれて久しい。地方の共同体をどういう形で再生してゆくのか、大切なテーマでもある。今までの田舎とは違う、半分は都市的な生活が出来るようにして若い家族に安心感を持ってもらう。老人や子供たちが、ひとりで居ても寂しくない土地にしなくてはならない。生活環境が変わる地元の人々への、根気強い話し合いや寄り合いも続けられている。それぞれが役割分担をして、新しい繋がりの居場所の町づくり村づくり。

共感も大事だけど、やさしさの共感だけでは物事は進まない。共創。新しいコミュニティに通《かよ》って移り住んで共に創ること。

前夜の焼き肉屋での、ひょうきんなそれぞれの自己紹介のお陰で朝からの会議もワイワイと始まる。仲良しこの上なくメデタシ。

年長の熊谷泉町長の晴れやかな、ちょっぴり恥ずかしそうな挨拶。アフタヌーンソサエティ代表の清水義次さんの言葉で、全員気合いが入る。滋慶学園の若い先生方を頼ったり。色んな和気あいあいがあるもんだと、ひとり悦に入る。

皆んなで迎える北国の春にはみずみずしい希望がある。山と川と畑と星空と青い空と健康な笑顔。すべての人にやって来る春と晴。全ての人に振りそそぐ交わりの東北。

岩手の山々に囲まれた、その前の日と前の前の日は淡路島に居た。温暖な島をウロウロキョロキョロ。

大学の先輩の南部靖之さんがナントマァ海を創っていた。いきなり本社を淡路島に移した、パソナ代表の南部さんに会いに行く。南部さんの構想力は驚きをはるかに超えて、ただただ声を上げて笑うばかりだった。

「あーッ、おもしろいですね！」

「海、創ってるねん」

「ここを掘って海を創ったら自由に使えるやろ」

「ええやろ」

「へぇ〜、ひゃ〜、おもしろい！」

「楽しそう、先輩、ボクも混ぜて下さい」

南部代表の夢は始まったばかり。

その虹の橋にボクも乗っけてもらおう。

色んな地方創生の形があるもんだと感心しきり。

温暖な気候に恵まれた淡路の国。潮風に吹かれているだけで幸せになる。

山の緑風と海の潮風と、それぞれの地方への想い。

そういえば、中学生の時に友人達とキャンプに淡路島に行ったっけ。高校生のお兄ちゃん達に絡まれて恐くて一日中テントの中から出れなかったな。ハンゴウスイサンでお米を炊いた。真夏の熱でゴハンが腐ってしまい。翌朝そうとも知らず、黄色くなった白米を食べた悪ガキ三人組はゲーッゲーッ死ぬか！と思うくらいゲロった。

私は、何度聞き直しても、その広大な開発の土地の広さが理解できなかった。

仲良しの建築家、クラパットヤントラサストさんと一緒に行って

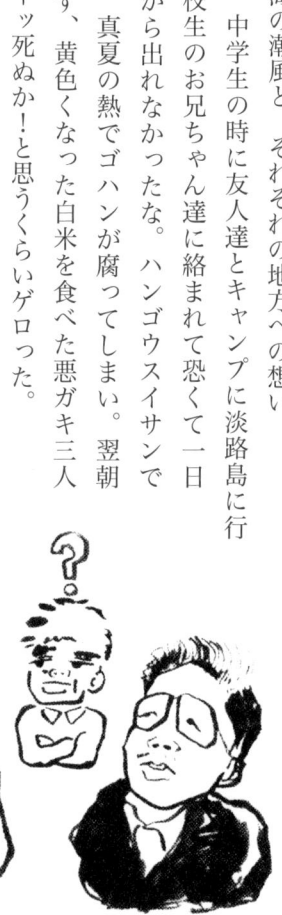

いた。クラパットさんは、世界中のアッチャコッチャに美術館、アートセンター、ビヨンセの家やらを作っている。パリやニューヨークやサウジアラビアやモロッコやらとキリが無い。でも大阪弁が喋れる。（笑）

元マンザイ師のマネージャーのボクとは何の接点も無い。でも大阪弁で仲良くなった。二人して度々、旅をする。

淡路の海の中に建てられる〝オペラハウス〟と空飛ぶクルマ専用の駐車場が屋上にある巨大アリーナ。知らんけど。

でも、クラパットさんは南部代表と話が弾んでいる。二人でお互いに質問が飛び交っている。ボクはまるでテニスの試合の観客のように、ポカーンと口を開けて頭と顔を右へ左へと、二人の顔を交互に見るというテイタラクと楽しさ。

淡路から万博会場に行く船も造っているらしい。知らんけど。

『遺書』を今もひとり読み返す

山と島の色んな野菜を食べて一週間を過ごした。

移動中のナナメ読みした（ゴメンナサイ）三冊の本。

『絵はがきにされた少年』（藤原章生著）の新版。札幌の〝柏艪舎〟という地方の出版社。

『相談する力』（山中哲男著）

島根県隠岐島の中ノ島海士《アマ》町にある〝海士《アマ》の風〟という出版社。

『その農地、私が買います　高橋さん家《ち》の次女の乱』（高橋久美子著）。ミシマ社。ミシマ社の本をそういえば、京都の銭湯で売っていた。アレはナンやったんやろか。京都のかわいい銭湯〝玉の湯〟の風呂上りの三ツ矢サイダーとミシマ社の本は良く似合う。

　雨が降っている。今も、今日も今日とて列車にゆられて移動中。地方の銭湯巡りは続く。

　旅行カバンの中から取り出した松本人志著『遺書』を今もひとり読み返す。八回読んだ!

爆睡の中で夢中になって

週に三度四度と東京~大阪を移動している。朝一番に東京駅から飛び乗って、爆睡。最終の新幹線に再び飛び乗って東京へ戻る。また口を開けて爆睡。

つらつらと振り返ってみればサラリーマン時代もこんなだった。あの頃は若さの勢いでシュウマイ弁当を二個掻っ食らって、満腹爆睡やった。四十五年間、そんな風にして過ごしてきた。ヨシモトを辞して、もうすぐ一年が経とうとしている。今年は七十一才。新幹線に飛び乗って！は変わらないけど、近頃はチョッピリと余裕ができたかしらん。朝イチ便と深夜最終便に夏と秋と冬と春を車窓から眺める。

朝、静岡を過ぎたあたりで桜色がいっぱい目に飛び込んできた。数百メートルはあるだろう桜並木だ。ゆっくりと曲がりくねった名も無き田舎道。地元では良く知られた道だろうが、世界の人々は知るはずも無い。今更だけど、日本の地元のありがたさに気づかされた。世界中が日本の地元をもっと好きになって欲しいと思う。

悪友アホの鐘春《ショーハル》と飽きもせず、ディープサウスのオオサカの町を歩く。丸一日ずっと歩く。多

分、一日で一万人位の人々とすれ違った。そのうち日本人は二割位で、残りの八割は外国の人たち。コロコロをひっぱりながらゾロゾロと歩いてる大勢のインバウンドの観光客。そしていつの間にか隣人になっているパワフルな大声の移住者達。

通天閣がある新世界の界隈は、なんだコリャ!!　風俗チャイナタウンに変容していた。

ジャンジャン横丁にあった、名人阪田三吉ゆかりの将棋クラブ〝王将〟は、とっくの昔に無くなっていた。私の若い時分は、道端から〝将棋指し〟を見物する立ち見の客で賑わっていた。

アジアの混沌に飲み込まれたオオサカの町。女房の小春も泣いてりゃ、銀も泣く。西成涙通りだった。

「あんなぁショーハルって、むかしは道を歩いてててもソースのええ匂いがしてたよな」

大阪の食は〝粉もん〟文化やと言われるけど。オレらはソース育ちやな。

真夏の強い日差しが残る昭和の夕暮れ。

晩ごはんのおかずは決まって、絹ごし豆腐の冷奴。でっかい冷奴に黄色い洋がらしをベタベタ塗って、その上から黒いウスターソースをペチャペチャっとかけて、白いご飯を口いっぱいにほおばった。

もう一つのおかずは、もちろんコロッケ。坂道をおりた賑やかな市場でおばあちゃんが買《こ》うてきてくれる。アツアツのコロッケが二つお皿にのっかっていた。ボクは慎重にお箸で、そのコロッケにブスブスと穴をあけていく。たくさん穴を作る。さぁ出番や、ウスターソースをぶっかけてビチョビチョに染み込ませる。クライマックスや！いただきまぁ〜す。

こんな少年がいつしかオッサンになりジジィに変身しても、オオサカディープソースはクセになる。アホでよかった。歩く。アジアの群衆から離れて、夕陽ヶ丘から眺める夕凪のなにわの街。

お好み焼きたこ焼きは勿論のこと、喫茶店の焼きめしピラフもウスターソース。（ピラフってなんだ？）串カツもちろん、オムレツ、肉屋のコロッケ、カレーライス、焼きそば、焼うどん、赤いウインナーのフライにもソース。キャベツもソース、タマネギやジャガイモやナスビの天ぷらもウスターソース。

♫ソースソースで日が暮れる。

アジアの人々も、みんなウスターソースがクセになり、浪速のアウトサイダーカルチャーを受け継いで欲しい。あっ、真っ白いごはんにかけたウスターソースもおいしかった。

歩く。難波から大国町から玉出から鶴見橋商店街に入り、〝七福湯〟へ飛び込む。タオルを頭にのせてボーッと肩までお湯につかる。カラダ洗わず。

新世界をダッシュで抜けて黒門市場までやって来た。今日一日歩いた道々には、いつの間にか小っちゃなホテルと民泊が乱立していた。日本人を見つけるのがむづかしい。やっぱ九〇％は外国の人達やわ。

モーレツな人酔いがしてきた。酔いざましに黒門の〝末広湯〟に飛び込む。ここは小ぢんまりした銭湯だ。スチームサウナ後のぬる目の水風呂が心地良い。生きのびた心地の夢心地。お風呂場の出口にある二つのシャワーがカッコイイ。

カベに付いてるプッシュボタンと、シャワーの水の出口が何故か離れている。ボタンを押してサッと一歩半、横飛びをすればシャワーにかかれる。もひとつのシャワーは出口に足の指先だけを流すカワイイシャワー。ミニマム銭湯、ここに幸あり。

そーいえば、ガキの頃に発明した〝食べもん〟が二つある。

一つ目は〝ミンチ焼き〟（名付け親、小学三年生の私）。なんの事はない、たこ焼きのタコの替りに合挽ミンチを入れる

だけ。もちろんウスターソースがお友達。ごはんのおかずにもなる。まぁ、コロッケとたこ焼きのコラボやな。

もう一つは、「チキンラーメン」のチキン味をすっかり抜いて、ソース焼きそばに変えてしまう、おいしいヤツ。作り方は簡単です（料理教室）。

フライパンに水をたっぷり入れて、そこにチキンラーメンの固い麺を放り込む。チキン味のスープは単品のスープになる。今やすっかり味が無くなり柔らかくなった麺にウスターソースをガバッとかけるだけ。なんの事は無い、少年発明王のただのソース焼きそば、いっちょ上り。そしてその後《のち》、日清から袋入り焼きそばが正式に発売された！

日夜（宿題もせず）研究開発を重ね、メーカーより以前に発明していたのだった（アホの始まり）。

二十世紀の大発明、全人類の友、インスタントラーメンは今もアジアの町を駆け巡っている。百福《ももふく》さん。

六本木の年季が入ったマンションで風呂上がりにボーッとテレビを見ていた。アジアの女性達が日本に移住して働き出している。大勢の外国籍ルーツの女性達が看護師補助の仕事に就いていた。今春、専門学校に社会人枠で入学して看護師になる勉強を始めると言う。看護師資格を取得して病院に早く戻りたいと言う。

そんな彼女達へのインタビュー。

「今の仕事はどうですか？」

「大変でしょう⁉」

「私はヒトダスケするのが好きなので、この仕事はタイヘン楽しいデス」

「私の夢デス」

そんな、なにげ無いやり取りだった。

子供の頃には知っていたコトバ。

〝人助け〟

大人になって、日本人がいつの間にか忘れていたコトバ。アジアに混ざってみるのも悪くない。

第6章

くよくよするのはもうやめさ

♪お帰りお仕度できましたぁ　またまた、あ・し・た！

横内さん、横内さん
――横内さん。

もう、四十五年もずっと昔。

まだ若かった横内さんに、三つ年下の私は、東京の業界の分からない事を、次から次へと質問責めでしたよね。

横内さん。

フジテレビの〝ワイドショー〟の担当ディレクターを紹介して下さい。

横内さん。

スポーツ紙の記者の方に会いたいです。

連れて行って下さい。

横内さん。

うちのタレントが、写真週刊誌に載るみたいです！

どうすればイイですか。助けて下さい。

横内さん。

バーニングプロダクションの周防社長って——恐い方ですか？

（勿論、やさしい方でした）汗
横内さん。

ザ・ぼんちの〝恋のぼんちシート〟が、バカ売れして〝ザ・ベストテン〟に出演するんです！

譜面って、オーケストラの人達に、どういう風に配ればイイですか？サッパリ分からないんです。

あの頃、ヨシモトに入社したばかりの私は、上司と二人で大阪からレンタカーにフトンやお茶碗を積んで東京へやって来ました。

赤坂の机が三つの、小っぽけなワンルームが吉本興業の初めての東京事務所でした。

そこで、初めて横内さんにお会いしましたよね。

今ではその吉本興業の東京事務所の社員・スタッフは二人から八百人になり、タレントさんも五千人を超えています。

私は右も左も分からず、不安いっぱいで東京の街を走り回っていました。


このギョーカイの全てを。

礼儀作法を、ノウハウを、人脈を、横内さん、あなたに教わ

りました。
今、現在、吉本興業が、元気に活躍できるのは、横内さん、全てあなたのおかげです。
横内さん、ありがとうございました。

時代は過ぎて、たくさんの季節を共に過ごさせていただきました。
そんな、四十五年の時の流れの中で、

オイ！大﨑
オレの会社を一緒にやらないか⁉
チョット大﨑
息子がヨォ、就職なんだけど、どこがイイと思う？
ナァ、大﨑
娘が絵を描いてるんだけど、どこか良い画廊を知らないか？
大﨑……
息子が朝、会っても、目も合わさないんだ。
オマエんとこは、どうだ？

昔、私から質問ばかりしていた二人の会話も、そんな風にかわっていきましたよね。

横内さん。

あなたは、日本のエンタテイメントの、その時代時代の全てのジャンルのアーティスト達に、そしてすべてのファンの人達に、夢を与え、夢を見させて下さいました。

ワニブックスの出版の歴史は、日本の文化、ポップカルチャー、エンタテイメントの歴史であります。

横内さん。

そして今も、あなたは〝夢の中〟にいらっしゃいますか？

ご家族の皆様、社員の皆様、ご参列の皆々様、共に、ここに、深く、ご冥福をお祈り申し上げます。

――横内さん。

ワニブックスの横内社長が旅立たれた。訃報は、いつも突然やって来る。いや、胸さわぎを心の中でずっと打ち消していたんだった。浮かびあがってくる直前に、沈めていた。いつの時も。おじいちゃん、おばあちゃん、父、母、尊敬する先輩達、そして友。

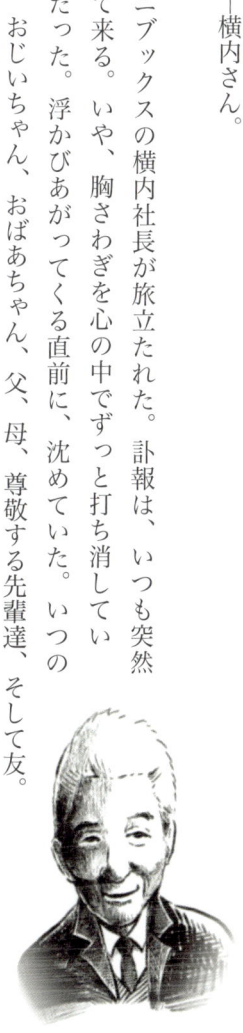

横尾忠則さんの対談集を読んだ。歩きながら、公園のベンチに座ったり、銭湯の脱衣場でページをめくったり、またお風呂の中に戻ったり。お好み焼きを食べながら、読了。ソースをポチャッと落とさないように、気をつけた。

あっ、やっぱり落としてしもた。ごめんなさい横尾さん（お会いしたこと無いけど）。

横尾忠則さんが九人の現役オーバー80's に聞いた。生きること。創ること。年を重ねること。

瀬戸内寂聴さん。遊んじゃうこと。面白がること。

磯崎新さん。老人意識なんて考えつきもしない。

野見山暁治さん。いつでも「今」だけ。

細江英公さん。くよくよしない。自然に構える。

金子兜太さん。創造の根幹は見えないものを感じること。

李禹煥さん。世間の声は知れている。大事なのは自分。

佐藤愛子さん。年を取るってことは、やっぱり必要。

山田洋次さん。老いは作品に必ず良い影響を与える。

一柳慧さん。これから八〇代の本当の挑戦が始まる。

『創造&老年』（SBクリエイティブ）

くよくよするのはもうやめさ。
今日は昨日をこえている
昨日に聞くのはもうやめさ
今日をこえた　明日がある
デビューしてまたたく間にフォークの神様になった岡林信康がシングアウトしていた。
この歌がポジティブな歌なのか、はたまたネガティブな歌だったのか、ボクは今も分からない。
でも同じように当時、高校生のボクもギター一本でシャウトしていた。

朝、事務所に行く途中でカンコーヒーを買う。ついこの間まで、熱いカンコーヒーをアチチと言いながら飲んでいたのに。季節が早回しになっている今は、もうどの自販機も冷たいカンコーヒーがいっぱい詰まっている。小走りで自販機のボタンを押す。ガシャガシャ、コロッ。アレ、このカンコーヒー熱いやん！？

六本木ヒルズの近くにあった忘れられた自販機。

暑い日が今日もまた始まる。アッチチッチと一人つぶやき、グビッと飲む。もうちょっとガンバロウか。

その時がやって来るまで。

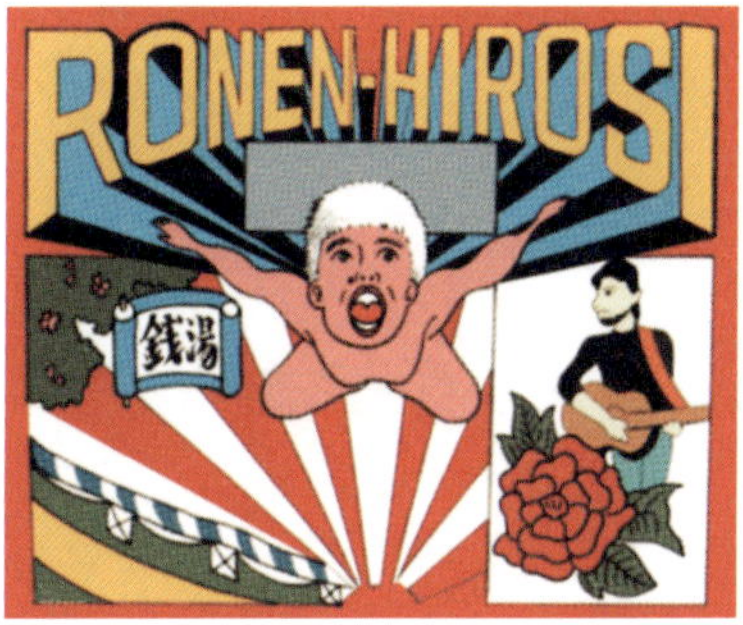

メイ・アイ・ヘルプ・ユー ショーハルは言った

朝一番の診察が終わってクリニックのドアを開けると、雨が飛び込んできた。長家の軒先でもあれば雨宿りもいいもんだけど、代官山辺りに軒先なんてありゃしない。小洒落た白いビルとビルの間に挟まって、いっときの豪雨をしのぐとしよう。

今日は雨宿り。

あったかいコーヒーが飲みたくなる。植草甚一さんなら、こんな日はミステリーでも読むんだろう。

朝マック。コーヒーを飲む、一口。ハッシュドポテトの揚げ方がユルい気がする。も少し茶色でパリッとして欲しかった。うん、なんだか今朝のコーヒーは旨い。

「最近、マックはコーヒーがおいしくなったそうですよ」ドライバーの竹ちゃん。

竹ちゃんとの付き合いも、かれこれ二十五年になる。ヨシモトの専務時代からだもんナ。

ソーセージエッグマフィンのビミョーな塩味は変わらず安定していて、ショッパさが過去の記憶をフッと甦らせてくれたり。

ブロードウェイ。雨に濡れた道がネオンで輝いていた。一九八一年二月。ブロードウェイ〝インペリアル・シアター〟で「ドリームガールズ」の初演を観た。アイアムチェンジング溢れる情感を全霊で出し切った歌声であった。ストロング&エモーション。
あの時私は、インペリアル・シアターの客席の隅っこで、大勢の客の誰よりも真っ先にスタンディングオベーションをしたのだった。

一九八四年。デビッド・バーンの「ストップ・メイキング・センス」。ニューヨーク・カルチャーセンターだったか、リンカーンセンターだったか。ミュージックライブの映画を観るのも初めてだ。演出、ステージング、カメラワーク、フィルム編集、ライティング。トーキング・ヘッズのニューヨークらしい反逆の知性。そして全スタッフへの感謝。

デビッド・バーンのオーバーサイズのスーツは、日本の〝能〟からインスパイアされたと、のちに知る。知らんけど。

映画を観る前に腹ごなしと思ってバーガーキングに入る。マックじゃないハンバーガー屋さんもあるんや！と驚いてアホみたいに感心したり。大きなラジカセを肩に担いだ黒人の兄ちゃんが大音量で店に入って行った。

よし、オレも！　アレェ?アレ！。

え〜っと、エーゴで「コーヒー下さい」って何て言うんだった？（汗）

「ギブミー！コーヒー！」

いや（汗）違うな（汗）（笑）。

進駐軍に向かって叫ぶ、戦後焼け野原の子供じゃあるまいし。ギブミー！チョコレート。

「キャンナイ、ゲット、ア、カップオブコーヒー?」ゲット?テイク?メイアイ?アタマ真っ白。

店の隅っこでジィーとみんなの注文の仕方を聞いてマネしたろ。

結局サッパリ分からん。そそくさと泣く泣く店の外に出る。

うつろな私の目の前に、ストリートのホットドッグ屋を見つけた。

ええい！ままよ！

「ハダッ！ハダッ！」

――通じた、ホットドッグ。みじん切りの玉ネギやら指差しをしてトッピングも注文出来た。ホットドッグをオンザロードでかぶりついて、ちょっぴりニューヨーカー気分。見上げればビルの谷間からお月さんがポッカリポツン。

アホのショーハルと夜を待って。なんば温泉のコインランドリー前で会おうとショートメール。早く着いたので道端の浪速区の掲示板をボーッと眺めてた。子供たちの〝ダンスワークショップ〟か、ええなぁ。

ブロンクスのボロアパートの狭いキッチンで踊れるヒップホップダンス。大阪の下町のガキにまで届いていた。

ひとり思いにふけっていると後ろから声をかけられた。

振り返った。

「メイ・アイ・ヘルプ・ユー？」

ショーハルが満面の笑顔で立っていた。手にぶら下げていたのは〝スーパー玉出〟で買《こ》うてきた〝大阪産白《シロ》菜《ナ》〟。昭和のガキ、ショーハルも私もこの菜ッ葉の炊《タ》いたんを食べて育てられた。

まだ日本が、ハンバーガーもピクルスもコーラも知る由

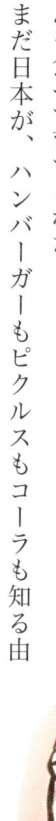

も無い時代。

ショーハル、唯一知ってるエーゴをしゃべるなよ。訳の分からんこと言うな！

デビッド・バーン、あんたもやで。

〝ストップ・メイキング・センス〟


今日一日、雨降りと思ってた。代官山のクリニックを出る時は梅雨を告げるドシャブリやったけど、八重洲口近くになると小雨になり、少し風も吹いてきた。外人さん達の大きなコロコロの間をすり抜けて、のぞみ223号に乗り込む。霧雨で富士の山も見えず。ところがドッコイ大阪は三十度の猛暑の中で晴れていた。

豊中にある大阪大学へ講義（のマネ）に行く。テーマは〝リーダーシップ論〟だとか。

よしよし、「リーダーシップは学校で習うもんや無いで」とか開口一番言ってやろ。

そういや、二日前は京都外国語大学でも講義（のマネ）をした。テーマは、〝Z世代・α世代と年寄りの世代間コミュニケーション〟とやらにした——とか言いながらハナシは全く違う方へどんどん進み、河原乞食考からメディアの変遷、河原のムシロがけの小屋という近世のリアルメディアから、インターネット生成AIまで。なんせ講義している張本人がどこに向かってしゃべっているのかも見失う、ほどの熱弁。

最終近くの新幹線で東京に戻る。雨は激しく降り続いていた。皇居前のビル群の灯りは不夜城のよう。雨は目に映る景色をひとつに包み込んでくれる。だから好き。
そのまんま九段の事務所に寄る。アマゾンから宅急便が届いてた。一冊の古本を買っていた。
『悪場所の発想〜伝承の創造的回復』（広末保著・三省堂）。
若い頃、旧大阪駅の地下街にあったエロ本ビニ本が並んでる〝萬字屋書店〟で買ったこの本を、
五十年後にもう一度読もうと思ってポチっていた。
うむ？アレ！　お〜〜ッ、この本、私が二十才の頃に古本で買ってまた古本屋に売りに行った、
あの本やん!!エンピツで書き込んだ当時の自分の字が残っていた。巡り巡って半世紀をかけて
アマゾン経由で戻ってきよった。どこに行ってたんや？まぁ手放した私がそもそも悪かった。ヨシヨシ。

　こんな雨が降りしきる夜は、ひとり事務所でゆっくりと読んでみるか。

　私にとって難解なワケのワカらん本やけど。

パリ・西成

酷暑の夏。移民たちの熱気とけだるさが溶け合ったパリの下町にいた。

パリ北駅からメトロに乗ってベルヴィル駅に着いた。パリ二十区にある下町の公園。小さなぶどう畑とマロニエやブナが木陰をつくっていた。丘を駆けあがると遠くにパリ市内が一望できた。

夏休みに避暑地に連れていってもらえない子供たちがたくさんいた。旧植民地から移住してきた子。それでも自由・平等・博愛の子供たちだ。パリ市のボランティアと一緒にランチタイムしていた。ポテトチップスを頬張っている。かわいい。

富裕層の豊かな都心と移民が暮らす貧しい郊外。そして、革命から国旗も国歌も生まれた国。

見た目より急な坂を下って隣のピレネー駅へと回った。

町の色は白でもなくブルーでも赤でもなくピンクでもなく、黒かった。アラブ・アフリカ・ユダヤ・華僑。海を渡ってやっとたどり着いたパリの町。そんな女の子たちも、みんなパリジェンヌ。

移民の人々は囲われながら生活をしている。与えられた仕事も無く何をするでもなく日々を送っている。でも町は活気に溢れて生きる力があった。ヤミで怪しいクスリを売るしかないのだろうか。タバコもヤミで出回っていて一本ずつバラ売りもされていた。タバコ一本が二百円くらいかな。

大阪ミナミのアジアの人達とは、ずいぶんと勝手も様子も違う。ミナミの古いマンションは、今やインバウンド客の民泊になっている。マンション一棟が買い取られ、そこにアジアの人々が住み始め蠢めいている。なかなかの治外法権ぽかったりする。町の匂いも変わってきた。

パリでもオオサカでも、市場《マーケット》で買い物をしていると、アレッ?と思うことがある。お店のおばさんが安い方の品物を勧めてくれる。

「アンタ！何でそっちのバッグ買うねん?」

「こっちでええで！こっちの方が安いんやし、使ったら同じようなもんやで！」

レジの店員さんと、また「あーだこーだ」と。

「アンタ！人間ドックに行くんか!?」

「あんな高いもんなんでやるんや！」

「やめときやめとき」と。

レジ前はいつも行列が出来る。それぞれのお客が店員さんと世間話をする。

「今年のスイカは甘いよ」

「子供が熱を出してねぇ……」

レジが進まない。並んでいる人達も怒らない。

だって次の自分の順番になればレジの店員さんと、また「あ〜だこ〜だ」おしゃべりをするから。

街場のやり取りを見ながら、映画『アメリ』の舞台となった町のベトナム料理店でスープの旨いフォーを食べたりして過ごす。

街角で立ち話。オオサカの路地とパリの小路は似てる。

自由なところ、人目を気にしないところ。まぁ雑で雑多でまとまりも無いんだけど。

右向け右もしない。王様の首をギロチンして、世界で初めて人権宣言をした人々。もともと人権意識やそんなカベを取っぱらっているオオサカ。パリ・オオサカ。御託も並べる。なので物事がなかなか進まない。

町に移民や外人さんが増えてきた。危害は加えないよと、お互いの身の安全確認から必ずあいさつをする。

「ボンジュール」

「メルシー」

「まいど」「おおきに」

かけがえのない一言《ひとこと》のコミュニケーションがある街角。

頑固オヤジも多い。フランス語にも〝一言居士〟というコトバもあるらしい。ウィットとユーモアとシャレと。


メトロや列車に乗ったりしてもパリはなんのアナウンスも無い。

日本じゃ、ずーっと大声でアナウンスが流れている。

〝お荷物は棚の上に置いて下さい〟

〝ケイタイ電話でしゃべるのは他のお客様の迷惑になりますので……〟

〝次の駅は○○です〟

〝黄色い線までお下がり下さい〟

〝エスカレーターにお乗りの際は手すりにおつかまり下さい〟

〝列車とホームの間が空いてます。キケンですから……〟

こんな感じで育った子供は、大きくなって自分で何も出来なくなるんじゃないかと心配になってくる。そして、なんでも他人《ヒト》のセイにする。

古い建物を壊さずにリメイクする。不便があってもそっちを選ぶパリ。日本はどっちの道を選んでゆくんだろう。

政治家を志す人は大学でディベートを学ぶ。マクロンさんは耐久討論会をやっている。田舎に出掛けて人々の声を聞き言いたい事もしゃべる。そんな事を数カ月もやり続けるらしい。生中継で四時間でも八時間でもやる。オリンピックに向けてセーヌ川を泳ぐ市長や大臣。一つの国をまとめるのは大変だ。まして多民族多人種だもんな。奥さんはルイ・ヴィトンとタイアップしてきれいなドレスを着てパーティを仕切る。

パリ郊外へ〝ジャパン・エキスポ〟を見物に行った。オーナーのトマ・シルデさんが、九段のボクの事務所に訪ねて来てくれた。初対面。なんでも二〇二五年の大阪・関西万博で〝ジャパン・エキスポ in Paris〟イン万博、というのをやるらしい。逆輸入みたいなもんやオモシロイ。ヨーロッパ中のニッポン大好きな人達が集まって来ていた〝ジャパン・エキスポ〟。マンガ・アニメ・ゲーム・伝統文化・芸能・コスプレ。私の仲間の〝劔伎衆かむゐ〟の島口哲朗さんや小林未郁さんの大きなステージでのショーもある。大盛り上がりだ。おにぎり、たこ焼き、おモチも売れまくっていた。でっかい展示場を五棟も使って、コスプレイヤーでゴッチャゴチャ！

会場は皆んな汗だくで汗臭くって、でもみんなニコニコニッポンダイスキ!!

日本人は一体何が得意なんだろう。何が特異なんだろう。外からの目線が必要だな。

ニッポン再発見、再定義、再認識。

日本の何に魅かれ、そして没入したいのか？

流行りの〝インクルーシヴ・没入感〟だけど。プロジェクションマッピングのようなチンケなものでも、ミックスリアリティだのの電気じかけでも無い。

日本にのみ唯一残る、地元の食や技や祭りや伝統を、万世一系の本物を、インクルーシヴに実体験して欲しいと強く思った。

バラ売り一ユーロのニセモノのマルボロをセーヌ川の散歩道で吸ってみた。なんだかなぁ、旨くも不味くもない味がした。

いく度かの花園飯店
いく旅かのオールド上海

東京の下町に『オールドネパール』というレストランがある。

なぜかこの〝オールド〟がついていると私は「ウッ!」となる。

オールド、ヴィンテージ、アンティーク。

「オレはどれやろ?」

さしずめユーズドか。セコハンか。

つんのめった新と旧のはざまで

今日は上海。

花園飯店、ガーデンホテル上海。

一九二六年フランス倶楽部として。

一九四〇年代アメリカの所有。

そして中華人民共和国成立後、中国が国有。

〝文化倶楽部〟へと。

生きながらえた建物。

毛沢東も逗留していた。

一九九〇年オークラガーデンホテル上海開業。

バロック調だかの小ぢんまりした旧館とその後方にそびえ立つ高層ホテル。

新・旧をくっつけた。

いっつも、この新旧のロビーフロアの気づきにくい段差でつまずいたり、ずっこけたりする。

ハナから分かっているのに「オットット！」と相成る。

歴史の重みに足を取られ。

プーチンも訪れた。

一九二〇年代に東洋のパリと呼ばれた上海。

フランス租界、イギリス租界、アメリカ租界、ドイツ租界、ハンガリー租界、イタリア租界、ロシア租界、そして日本租界があった。

当時、この各国の租界地を中国へと返還の斡旋をしたのは、わが日本。他国の真ん中に、行政自治権や治外法権を持つ。

今の日本国にそんな租界地のような場所は有りや無しや、哀しからず。

淮海路《ワイハイルー》の月下の夜道を走り、桑拿《サウナ》で密談。秘密結社・青幇《チンパン》の杜月笙は麻薬を売り捌いていた。

一九八〇年代、私も上海の町を駆け回っていた。

〝上海パフォーマンスドール〟オーディションの申請。

外事弁公室に通い続けた。

日本カルチャーの紹介雑誌発行。

〝ロジャム〟ディスコの経営。

蘭心劇場での吉本新喜劇公演。

高于民くんがアドリブで翻訳をしてくれた。

日本の漫才と中国の双声の競演。

上海電視台とテレビ番組の共同制作。

大連で少女歌劇団の設立。

なつかしさ溢れる和平飯店のオールドジャズ楽団。改革開放の外灘《ワイタン》のビル群。

当時大ヒットした〝紅太陽〟のプロデューサーと手をつないで歩いたプラタナスの並木道。

中仏合作のラジオ局から流れていた晴れやかな中国の流行歌。ディレクターはユタさんだったな。

今回はわずか二泊三日の上海旅。二度の朝食はもちろん〝おかゆ〟。初日は三杯お替りをしてその次の朝は四杯たいらげた。

アールデコ調の飾り窓の前の食卓に一人の老人が座っていた。

上海の土曜の朝のホテルの食堂。たくさんの家族や社用の人達やカップル。にぎやかにビュッフェスタイルの洋食や日本食や中華を取り皿に大盛りにして食べていた。みんな大声でしゃべるしゃべる。ヒップホップ風の若者の集団もいた。

そんな中、ひとりの老人が朝食の最中だった。近頃滅多に見かけなくなった改革開放以前の〝人民服〟をまるで正装のように着ていた。

怒った顔つきで、静かにそしてがむしゃらに食っていた。お粥の中に揚げパンみたいな〝油条《ヨウティヤオ》〟を入れて一心不乱に食べていた。

周囲の人達を誰ひとりとして寄せつけぬ背すじを伸ばした怒りがあった。

私はそのじいさんの横のテーブルだった。

じいさんに負けずにお粥をかっ喰らった。

白粥、小米南瓜粥、青菜粥、腐乳、揚げパン、魚の粉末、小豆、ザーサイ、

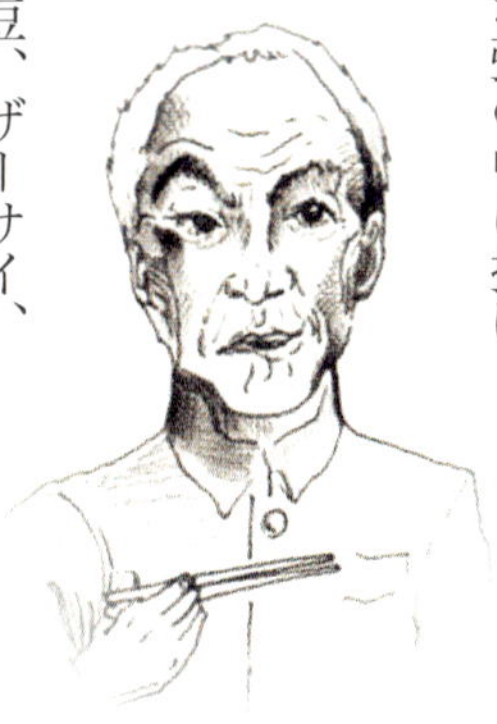

干し貝柱。

お粥に蒸したお芋を入れる。

人目も気にせずガバガバと喰らう。白いナプキンを喉元からグイッと垂らし。じいさんのやるかたなさは分からないけど。なんかムシャクシャするんやろうな。時代に対して。この世の中に対して。

やるせなく。ひとりぼっち。

一人で食堂に入って給仕の女性に「ウォシー、イーガレン」といって席についた。

中国語でなんて言うんだろ。

「ひとりぼっちがやりきれなくて」

そんな事をフッと思っていると、隣のじいさんがおもむろに私の顔を見て「ニカッ」と笑った。

嗚呼、老朋友。ニコチンの黄色い歯並び。

「よし！」と一人で声を出して会議に向かう。十代の頃から知っている上海の仲間がロビーまで迎えに来てくれていた。アメリカのファンドマネージャーと中華人民共和国宣伝部の基金の責任者とエンタメファンドの女性社長。

議題は、中国で大ブームの〝ショートドラマ〟。なんでも中国では映画産業を追い抜く勢いだ。もう一つのテーマは、〝ライブ配信のEコマース〟。地方の農民も町の若者も経営者も皆んなライブ配信で稼いでいる。

十数億人の人々のスマホの中は、新しいメディアと新しいコンテンツ。世界中が驚いたベストセラー『三体』が生まれた今の中国だもの。スマホの中の文化が想像をはるかに超えて近代化いや近未来化されていた。

もちろん優先順位は最高位だけど尖閣、靖國にすっかり気を取られている日本。エンタメが産業として成立している中国。世界中のファンドマネーが流れ込んでいた。オールド上海とデジタル上海。

そんな会議中に思い出した。くだんの人民服じいちゃん。帰りしなに新館と旧館の段差につまずいてないやろか！

いつか二人で、ガーデンホテルの庭で隠れ煙草でも吸おうか。真っ赤なパッケージの『中華』。

日本人の忘れもの、中国人の忘れもの。

言い訳もなぐさめも

七十歳も過ぎれば健康診断もクソもカンケイないやろ。今更悪いトコが見つかってジタバタしてもしゃーない。

勝手な言いぐさをつぶやきながら過ごしていた。

七十歳にして会社勤めを卒業して気がついた。

あらら、オレはベンチャーを始めたのだと。気がつけば小さな会社を二つ立ち上げていた。

毎朝出勤するところを探さないと。

ドタバタと社名を考え、ネットで居抜きの貸事務所を探し、そして登記した。

社員は二人。男の子と女の子。

彼女の方は、ヨシモト時代からボクの秘書をやってくれていた。東京に三人。大阪にも秘書さんが居た。ヨシモトを辞める頃合いに声を掛けて一緒についてきてくれた。当時は一番下ッ端の秘書だったのでお茶を出したり手土産を買いに行ったりと、そんな感じだった。

独立して早や一年と三か月。彼女を見ているとナントまぁ、たくましく成長するんだと感心

する。

「あのさ、最近オレにケッコウ強く言うよね？（汗）」と私。

「当り前じゃないですか！」

「もう、キチンとしないとダメですからねッ！」

「……うん」

「分かった」

「……アリガト」

独立して、立ち上げ当初は先輩秘書のK子さんが居てくれて、経理や総務関係の仕事を完璧にやってくれていた。そのK子さんもひと区切りで退職した。以来、私のスケジュール管理も経理もナイショバナシも、全部M子さんに頼っている。

もう一人の男の子。これがなかなか二人の会話がこなれない。私がゆっくりと滑舌良くしゃべるべきなんやけど。声に張りもなく早口の大阪弁で、歯のスキマから空気もスースーと漏れる。実は耳も遠くなってきた。

「お早う！」
ヨシモト時代よりも、ずっと大きな声で朝一番のあいさつ。
「先に出るよ」「またあした！」

ヨシモト時代よりも、もっと明るく力強く手を上げてバイバイする。

そんなスタートだった。

万博の催事検討会議の共同座長の仕事以外は何も、な〜んも考えてなかった。共同座長の次期お家元、池坊専好さん関連の本はほとんど読んだけど。いつの時代も不易流行、今もまたその時だと思う。

東京の日本橋の裏通りに小さなアートギャラリーを始めたりした。ギャラリーのお店の前で体育座りして、しゃがんでボーッと考えた。

新しい仕事を作らないと。今の自分に出来ること。今までの仕事の延長じゃない仕事。でも今までの経験がどこかに活かせること。

やり残した仕事が有るような、無いような。

やり切ったと言えばやり切った。自分の都合で「ままよ！」と退社した。

ダウンタウンの松本君と浜田君の事が気になる。しかしよく考えてみれば、二人も六十歳を過ぎている。今田や東野やキム兄やホンコンや板尾やモモコやリンゴやシルクや珠代や内場ややすえ、皆んなしっかりと仕事をしている（当たり前やけど……）。

誰かの面倒をみるマネージャーの仕事をずっとやってきた。それしかやった事も無い。七十歳になって初めて自分自身の事を考え、自身のマネージャーをやる。他人《ヒト》の事は色々考えられてもイザ自分の事となるとなかなかむずかしいもんだ。

入社したての頃、同期の水上君が上司と大げんかをした。

「やめたらぁ。ボケ！」

みたいな事になったらしい。

「水上、オレも一緒に辞めよか」とか言って調子に乗ってた時もあったな。

トラック運送やったら体力あるし稼げるんちゃうか！と職探しもしてた。

上司にハメられて皆んなから疑いをかけられた事も何度もあった。

「こんなヤツが上司って……！」「コイツ、腐っとるな」オレも辞めたろボケ！と思った。

時が過ぎ、その上司が、

「会社辞めようと思うねん。大﨑一緒に来るか？」そんな事もあった。

「ハイ！」と返事（ナンデヤネン）。

なんやったら、

「ハイ！ありがとうございます！」とか言ったような気がする（苦笑）。

取締役になって、またまた変なウワサを立てられて怪文書が飛び、常務会に呼び出される。

まぁ、好き勝手をやってきたから色々と社内に敵もできてるんだと反省しながら考えてた。

この役員連中を総取っ替えするか。

オレがヨシモト辞めるか。はたまたクビになるか。


この一年余りで新しい出会いはたくさんあった。講演に行くと交換した名刺がたちまち百枚二百枚と溜まってくる。

青山辺りとか赤坂とか、ザ・芸能界じゃない場所に事務所を持ちたいと思っていた。靖國神社のそばにした。毎日散歩できるな。

新しい事務所には色んな人が顔を出してくれる。編集者、中国の友人、中東の友人、インフルエンサーの若い子たち、デジタルマーケティングの子たち。演出家やアートの人達や地域開発をやってる人達も来てくれる。

やっと次の食い扶ちも決まってきた。中国の仕事、アメリカの仕事、島へ通う仕事、地方へ通う仕事、アジアへ通う仕事。

さぁこれからや。若い人達に助けられて新しい出発。

なので若い人達に迷惑をかけられないと思い、年寄りは、人間ドックに再び行く事になった次第。

「おおさきさん、こんな仕事があるんですけど一緒にやりましょうよ」
「おおさきさんとやりたいんです」
「そっか、でもオレはもうヨシモトじゃないから役に立たないよ」
「パソコンも使ったこと無いし」「エーゴもしゃべれんし」

そんなこんなの人間ドック。まぁ、トシ相応でそれなりに修理しなきゃダメなところも出てきた。

日々の病院通いとベンチャーと夢の続き。

年齢を重ねていけばいくほど、
〝平凡〟が一番ありがたい。
つくづくしみじみ思う今日この頃。

老人にならないと分からない。
〝なつかしさの力〟も私にまだある。

第7章

それぞれの人生

たまにはアマにおいでぇや

言わずと知れた松ちゃん浜ちゃんが育った町。

兵庫県尼崎《あまがさき》市。賑やかな下町ダウンタウン。

兵庫県の市外局番は〝079〟から始まるが、なぜか尼崎市は大阪市内と同じ〝06〟。

なんでもその頃「尼崎紡績」が、大阪市内から尼崎まで電信柱《でんしんばしら》を建てて電話線を引っぱってきたらしい。

尼崎商工会議所などは、お金を集めまくって当時の金額で二億二千六百万円の〝電信電話債券〟を引き受けた。そして大阪市内にある電話回線がアマとつながった。

大阪との通話料金が半額になり尼崎の経済産業が大いに盛り上がった。明治の頃の尼崎商人のド根性ド性骨《しょうつぽね》。

そんな尼崎商工会議所の「尼崎あきんど倶楽部」に呼ばれてしゃべった。一応立派な講演だ。

「ウチ、息子を女手ひとつで育ててん！」

「大学院まで行かせてんで」

「スナックやってかれこれ三十年やねん」

「飲みにおいでぇな安いからな。島田一の介さんとこの店より安いでぇ」


「ホルモン焼き屋やってるで、おおきさん食べにおいでぇや」

「交通安全協会のアマの会長もやってるで」


「畳屋やねん。一級畳製作技能士取ってんねん。公認やで」

「遺品整理とか解体工事とかやってます」

「カンバン屋ペンキ屋。保険の代理店もやってるけどな」


ワーッと口々に、みなさんとご挨拶。

お互いちょっと恥ずかしそう。

（なんでやろうか……笑）（この感じ好きやわぁ。）

私は「万博催事検討会議共同座長」の名刺を配りまくる。

「ミャクミャク！名刺に付いてるやん！かわいいやんなぁ」

「なんや初めは気色悪《きしょく》かったけど、だんだんかわいなってきたわ」

「万博！メチャ楽しみにしてんねんで」

「チケットおくれぇや」

「無料券《タダ》持ってるやろ、おくれぇや」


まだ私の講演は始まってないけど……（笑）。

私の控室は大にぎわい。それにつけてもありがたいことです。


サスガ０６。尼崎の人たちは、イントネーションと母音のまったり感が大阪よりもザ・大阪弁。

大阪生まれ大阪育ちの竹本義太夫さんが三味線と出会った時、あの独特な大阪弁のイントネーションが形づくられたそうな。

近松門左衛門との奇跡のコンビ。浪速《なにわ》の神様が二人を結びつけた。

松本・浜田は尼崎市立潮小学校からの同級生。これも永く、今も続く二人の縁である。

掛け合いのようにしゃべる。

ノリの良さ。

思いがけないストレートな物言い。

たった一言の短かいツッコミ。

間《ま》。

ちょっと恥ずかしげな表情。横顔。

松ちゃん浜ちゃん、よしもと新喜劇の岡八郎《おかはつつぁん》、島木譲二《じょーじ》、井上竜夫《タツじぃ》。

みんなアマで育ったんでおまんにゃわ。


西の大阪の漫才は、東へ東京へ行くべきではなかった。違《ちゃ》うやろか。

八〇年代のフジテレビのTHE MANZAIを頂点としたマンザイブームの嵐。日本の笑いの質を変えた。

ツービート、紳助竜介、B&B、セントルイス。

九〇年代からはM－1。

ほんまのこと言うたら、漫才も文楽も上方の芸能は、東へ向かって行かへん方が良かった。魔が差したようにフッとそう思う。

ソースの匂いを嗅いでぇ、大阪弁あふれる商店街をツッカケで歩いてオバハンオッサン、ガキ共とすれ違い、その足で劇場に入って生で漫才に出会わないと〝ホンマモンの漫才〟を見たとは言えない。テレビの漫

才は別物《べつもん》、あれはテレビ演芸。

言葉は時代の空気や匂いを思いきり吸って生きのびて変化し転がる。流行りの言葉がめまぐるしく生まれてきても、大阪弁のあのイントネーションは変わらない。

ある日、こんな経験をした。

田川さん。京都の和ろうそくの職人さん。名人、酒飲み、パンチパーマ。それも、とれかけのパンチパーマ。

このおっちゃん曰く、

「大﨑さん、若冲さんの絵《ええ》な、あれ、アメリカで評価されたやろ。美術館のナ、電気の明かりの下で、ガラス越しに皆んな見てはるやろ」「ウソやん」

「せやけどな、若冲さんは当時、あのお軸の絵を描きはったんは和ろうそくの下で描きはったんや」

「せやから、障子の薄暗がりの部屋で、和ろうそくのゆらぎの中で、若冲さんの絵を見んと」

「ホンマもんの若冲に出会った。とはいえへんねん」

道理。

大阪の町よりもっと大阪的なもんが凝縮された町がこれからの大阪にいくつも出現する。万博を控えもうそこに来てる近未来のオオサカ。

出稼ぎに来た人達が、大阪市内より家賃も生活費も安いからと尼崎に流れ込んできた。中心より周縁が、ハズれた場所が、気楽に仲良く暮らせたんだろう。ザックバラン。

無機質の言葉じゃなく標準語じゃなくて、人間の感情ばっかりの言葉。大阪弁の匂いはそんなとこから由来してる。

ありのままの言葉。振り回す言葉。アバウトな言葉。論理的やなくてビジネスには向いてない。オーガニックな言葉。だいたいカッコイイの物差しが違う。

かつて、いつの時代も。笑いが大阪の町から無くなったことはない。

大阪弁は笑いの中で生きてきた。

ノドの奥の声帯に直当《じかあ》てして、ストレートにしゃべるねん。故笑福亭仁鶴師。

「あんた、あほちゃうかぁ」

エーゴでゆうたら

「アイラブユーソー」

かわいいコンコン

さて、十二月になろうとしているのに、あたたかな朝。ダッシュして東京駅の二十三番ホームに到着。

青森八戸行き。

古いデイパックにノートやスマホ常備薬を詰め込んで、そそくさと部屋を飛び出した。

八重洲口でいつものように〝シウマイ弁当〟を買う。生まれて七十年らしい。ほぼ同い年。

「コホ」「ケン、ケンケン」

ちっちゃな子供の空咳が聞こえてきた。小学生のお兄ちゃんと弟かな。〝はやぶさ号〟がプラットホームにすべり込んで来た。そのかわいいやんちゃな空咳もかき消されちゃった。

7号車7番のD。偶然その子供たちも通路を挟んでお隣り同士。コホコホを聞きながら、うつらうつらしてしまった。気候変動になって、小春日和も冬日和も境目が無くなり混ざったようだ。子供たちはどこの駅で降りたのだろう。もうコンコンは聞こえない。

なぜか私もどこかの駅で降りた夢を見ていた。

「コホ、エッヘン！」

子供たちの咳がうつったかな。

「コン、ガッ、ゲッ」。

ロンドンの町中で振り向いたら年配の御一行さんだ。こちらでも流行っているんだ。地球を回る新感染。

クイーン・エリザベス・オリンピック・パークの特設アリーナに着いた。

〝ＡＢＢＡ・ＶＯＹＡＧＥ〟を観る。メンバー四人のアバターが登場する話題のコンサートライブだ。

デビュー五十年。〝ダンシング・クイーン〟は一九七六年にリリースされ、世界中を駆け巡り、各国のミュージックチャートを席巻した。

三千人に埋めつくされた会場は、ひといきれで〝わぁ～んわぁ～ん〟としていた。アリーナの前方

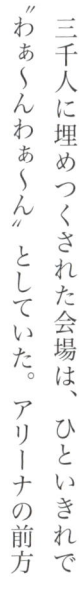

はダンスフロアーだ。私とアキさんは会場全体が見下ろせる最後列に坐った。

若い観客もまぁいてるんだけど、白髪、白髪白髪。薄くなった頭、ハゲ頭頭。太り気味の中年老年男女がたくさんだ。ショーの後半からは、アリーナ全体がスタンディングオベーションと共に、皆んな思い思いの身振り手振りのダンス大会。

三千人、いや正確には二千九百九十九人総立ちである。私ひとりが坐っていた。

ステージで歌い踊り手を振るＡＢＢＡの四人のメンバー達。

でも本物の人間じゃないし。デジタルのバーチャルアバターだもん。

アバターのアバ。

生身の人じゃないアバターアバのパフォーマンスがくり広げられている。

「アレ？オレは何に向かって手を振り拍手して叫ぼうとしているんやろ？」

熱狂のライブの中でひとり我に返ってしまった。

すばらしいステージだ。でも二度目は無いな。観客三千人、それぞれ一人ひとりが思い出に浸るライブだった。ハシャギながら思い出と共に抱き合う人、人人。

なんだかなぁ〜のロンドンだった。

いがらっぽい咳が残った。ゴホン。

パリに戻ってフランスで生まれたミュージカルを観る。

〝STAR・MANIA〟

一九七六年頃、ミュージカル「ヘアー」や「ジーザス・クライスト・スーパースター」がブロードウェイからウエストエンド、東京へやってきた。もちろん、パリにも！

若者達は髪を伸ばし裸足でウロつきマリファナと共に反戦を叫んだ。

オレ達もミュージカルをやろうぜ。そんな時代の空気の中で生まれたフランスのミュージカル「スターマニア」。

近未来の人々は誰もがスターになりたいと願う。ダンサーもシンガーもテロリストも大統領候補さえも。

三十分のブレイクタイムを挟んで四時間のショーだった。生演奏だし。

ロックオペラかロックミュージカルか、はたまたカルトミュージカルなのか。

フランス・ギャルのパートナーだったミッシェル・ベルジェの創作。

一九七九年に生まれた「スターマニア」は、歴史に残るフランスを代表するショーになり、現在も多くのスターを輩出している。

パリオリンピックの開幕式・閉幕式の芸術監督のトマ・ジョリーが才気あふれる演出をした。当代一だろう。

オーディションをくり返し、インスタグラムで新しい才能を見つけたりもした。

火薬を使ったパイロテクニック、ダンサーのように自由に踊るムービングライト、意志あるひと筋のスポットライト。

ダンスのキレを真ん中に音楽と照明のカッティングが見事だった。

今もセーヌ川を流れているのだろうフランス・ギャルとミッシェル・ベルジェの愛のよう。

あくる日、調子に乗ってサーカスに出掛ける。世界最古のサーカス劇場がマレ地区にある。入口近くに並んでいると、子供たちが目一杯のおしゃれをして集まって来た。大きなリボンや蝶ネクタイの女の子男の子。

ありゃ、でも色んな食べものの匂いとサーカス小屋の馬の匂いと、なんとも言えない香りが混ざりあっていた（笑）。

円形の舞台があり、空中ブランコ、アクロバット、三人組の年老いたピエロ、綿あめやらクレープやら、冬のサーカスが始まっていた。

客席もステージも空中も人、人人。

結局ヤッキョク、エンタテイメントは人に還るんだ。

多様な人と場が共存することを世界中が夢見ている。ソングミュージックダンスアクロバットコメディとサーカスと。


てか、今回は仕事でフランスにやって来たんだった。

〝ジャパンウィークatコルマール〟

「公益財団法人国際親善協会」でクリエイティブプロデューサーを拝命している。

パリ市内で商談会。一泊してコルマールへ列車で移動する。展示やステージで発表やレセプションやらとドタバタニコニコ走り回った。

コルマールは〝自由の女神の作者、バトルディの生家があったり、「ハウルの動く城」にインスパイアを与えた〝プフィステルの館〟もあったり。

コルマールからストラスブールにも足をのばした。フランスの東北、ドイツに近くなってきた。

冬の陽射しの中のパンひと切れとアルザスワイン。

中世の街は木組みの家が並び石畳が続いている。職人が尊敬された時代でもある。

スターマニアの舞台は初演の頃の良さを残して、舞台装置も人の手作り感があってキャスト達が輝いている。

サーカスは人の営みそのものであり人のワザでもある。

古いサーカス劇場の内装はピンクと赤。

「ニャーゴホッ」

パリの黒い猫も咳をした。

けいさつにお世話になる日々

捕まったワケじゃない。まぁでも、人生何度目かのお世話になっちゃった。

どーも足の具合が芳しくない。そうタイホじゃなくて〝けいさつ病院〟にお世話になった。新幹線が夕暮れの八重洲口に到着して、どっこいしょとホームに足をつけた。階段をトットッと下りる。改札口を出たあたりで足がモーレツに痛くなって次の一歩を踏み出せなくなる。ジワーッと冷や汗。

「あ〜ふぅ、トシやなぁ」と独り言。

七十才も過ぎるとこんな風になるんやカラダって。老化しゃーない。

急ぐ人々の目線を気にしながら、その場に立ちつくす。駅構内の柱に寄りかかって休む。しばらくすると痛みも消えてまた歩き出す。次から次へと後ろから後ろから追い抜かされてゆく。二十mも歩くとまた痛くなって立ち止まる。スマホをイジるマネをして雑踏の中で立ちつくす。

ずんずんと人の流れは動いている。

老化にしてはナニやら変だ。嫌な予感がするが、今までもまぁまぁまぁと、うっちゃってきた。

トラブルやらごちゃまぜにして、そのままモヤモヤを抱えるクセがついてしまっている。良くも悪くも長年のネガティブケイパビリティってやつかな。

「おおさきさん、私んとこの病院で人間ドックとかしてみたらどうやろか？」

大阪けいさつ病院々長の澤芳樹先生にお声掛けを頂く。

澤先生は、世界で初めてのｉＰＳ細胞によって心筋再生の手術をした、エライ先生。

そんなこんなで大阪けいさつ病院にお世話に相成った次第。

澤先生は私より二つ年下。堺市生まれの同郷であった。

三国丘《みくにがおか》幼稚園、三国丘小学校、三国丘中学校の後輩だ。エッヘン！

しかし、先生は三国丘高校へ進学する。

府内有数のエリート高校。私は当時新設された泉北高校へ。中学三年生の終わりの頃に三者面談があった。

「大崎君の行ける高校《ガッコ》はありません！から！」と、担任のオバサン先生。ナントカ探した新設のガッコだった（トホホのホ）。

しかしまぁ、れっきとした〝三国の後輩〟ではある。

ここが運命の別れ道とは、澤先生は人類を病から救う世界に誇る医学博士。片や当方、世界じゃ無かった世間から笑われる漫才師のしが

ないアカンマネージャー（トホホのへ）。

泉北高校の名誉の為に言っとくけど、現在の泉北高校はリッパです。私は出来立てホヤホヤの一期生。玉石混交の生徒達であった。

カシコイ子も居れば、私を筆頭にアホもギョーサンいた。上級生もいないので自由奔放な校風を築いたように思う。

入学したその日の一限目の授業が始まる前に弁当を食べた。歴史に残る〝早弁〟第一号である（アホの負けずギライ）。

ハナシは大きく逸れてしまった。澤先生と私、それぞれの人生。聖と俗、色々あるわな。


「あら、アカンわ、おおさきさんコレなぁ、直ぐに手術やわ」

「いつ入院出来る!?」

「万博で忙しいやろうけど、早いとこやらんとアカンわ」

「放《ほ》っといたら、終いに左足切断やん」

大阪弁で見事に気楽に告げられてしもた。

「ヨシモト時代のストレスとゆ〜か、自律神経もイカれてるわな」

「あとな、タバコ、タバコあかんよ、止めなアカンあかん」

「ようまぁ、ここまで放っとらかしにしてたな。しゃーないなぁ、ほんまに」

左足の太ももの動脈が十五㎝ほど詰まってた。ど〜りで、夜も昼も朝も足がツってたわ。こむら返りどころじゃなかった。それもフツーのツルじゃない。足の筋肉が捻じれるように変形する。足の指もねじれる。ふくらはぎも脛もねじれまくる。

「イタイイタイ、お母ちゃ〜ん助けて、神様ごめんなさい、もう悪いことしません。お願いですから……ゴメンナサイ。早くイタイのが治まってちょーだい」と夜中、老人が泣き叫ぶ。一人でベッドの上でのたうちまわる。声を押し殺して枕を抱いて泣く。

お母ちゃんと神様を足したような、大阪けいさつ病院や。

新年、一月一日から新しい病院に生まれ変わった。

大阪けいさつ病院改め、その名も、ジャーン「社会医療法人大阪国際メディカル&サイエンスセンター」。〝けいさつ〟の名が無くなってるやん。なぜかホッとする。

これでもう、私は警察のお世話になることもなくなった。

術後、「おおさきさん、すぐに歩けるから歩いて帰れるでッ」

この病院は、大阪の古い歴史の上町台地という高台の町の中にあ

る。看護師さん、事務の人、お医者さま、もちろん大勢やって来る患者さんも、まぁざっくばらんなコト。患者のおばあちゃん、おじいちゃん、オッサンオバハン、ネーちゃん、カァーちゃんと子供たち、全員タメグチだ。

「アンタ、あんたこのクスリもうちょっと沢山《ぎょうさん》くれるか」

「このクスリなんや知らんけど、みんな欲しがってるねん！もっとチョーダイんか！」

（いやアカンやろ）

「なんや疲れるねん、チューシャ打って」

「保険証《ショ》、忘れたわ、安うしといて」


安心の日常がある。安寧の居場所がある。

支えを必要とする庶民が通う丘がある。

けいさつ病院がある夕陽丘から、桃谷の商店街を通って東上《とうじょう》温泉にブラブラ行くとするか。

足はもう痛くない、ウソのように歩ける。

昭和の匂いがする桃谷商店街のアーケードの切れ目から雨が降ってきた。

なんとゆう、銭湯日和だろう。

モダ〜ンという黒い猫も待っている。

通天閣を買《こ》うた南海電車

♬お父うちゃん、通天閣買うて、通天閣は高い、高いは煙突、エントツは黒い、黒いは……恐いはお化け、お化けは消える、消えるはローソク、ローソクは光る、光はおッやじのハッゲあったまぁー。

なんなと喋らんとボケるからな。

ここら辺りには、七つの坂がある。愛染坂・清水坂・源聖寺坂・口縄坂・天神坂・逢坂・真言坂。

藤原家隆の夕陽《せきよう》庵に因んだという夕陽丘。

夕陽丘から口縄坂の石畳を歩く。上る下る。

濡れるような旅情気分に束の間浸る。

今も昔も、大阪の南海に沈む夕日を眺める高台であった。太平洋戦争による空襲で一帯は焼け野原になったが、戦後すぐに上町台地で〝復興博覧会〟が催された。

母と子の施設が今も残る。四天王寺さんには、悲田院・施薬院・敬田院・療病院がある。

新しい名前に変わっても、母と子は、けいいさついい病院に行こか！と言うに決まってる。

ふり出しに戻る

歩く　道頓堀グリコ看板前
　すき焼はり重
　デビューしたての松本浜田に初めて
　おごったな　憶えてた二人

ショーハル　お好み行こか
福ちゃんいっとこか
ですね
何にするねん　どうする？
そば入りにしましょ
ええな
そば半分づつなかま（分けあって）　にしよか！
　ショーハル　なぜかうれしそう
寒いさかいに　滋養つけよ　カキ　入れよ

ブタカキですね
うどん　どうしましょ？
おっ入れよ
ほんだらそばとうどんと半分々でんな
すごいアイデア思いついたように　ショーハル自慢気

歩く歩く　今宮戎《えべっさん》過ぎた
キャベツはダブルにしときます！
ここはショーハル同意求めずキッパリ
通天閣山王町あたりもとっくに過ぎて
着いたぁ

ソースとけずり粉の匂い
福ちゃんの店は　満員《まいんこ》
娘の頃からの仲良しおばあちゃん二人
ジャージにつっかけオッサン二人
太った夫婦　地縁のかたまり
外の軒下で待つ

もうじき万博やし道端でタバコ　バッキンでっせ
しゃーない
西成は別違《ちゃ》いますのん　ＯＫでしょ！
アホゆーな

空いたでぇ
ヨイショドッコイショ　ギューギューや

ブタカキ！！
　ショーハル　声大《お》っきいがな

モダンにして　うどんとそば半分づつな
ハイ　チャンポンですね
キャベツ　ダブルやで　赤字になるなぁ
玉子ものせてや
月見　りょーかい
　コップ二個　水道水　ミネラルなし

豚牡蠣モダンチャンポンキャベツダブル
月見——と相成った

お好みの具をどんなんにするか
ずっとしゃべって歩いて　六十八才と七十一才

フジテレビ　えらい事ですやん！
いま　仕事のハナシすんなよ
そこの一味とって

　満腹　腹ごなし　で、歩く
コンビニで麦茶《ちゃー》買います？
ええな麦茶　ミネラル沢山《ぎょーさん》
あっ　カキもミネラルぎょーさんやわ
　遠く寒風の中　アベノハルカス
やかん麦茶　おっきいから得でんな

だいたいな　カキって動けへんやろ
運動せえへんねん
せやから　あいつら　筋肉ないねん
内臓《はらわた》ばっかりやん
わたしらも　そうなりまっか？
もうなってるやろ
信号　赤になりかけても　交叉点走られへんやろ
足　もつれるやろ
私　左足が　あきまへんねん
　知らんがな……
あっオレもや　左足あかんねん

いま時分　中国とか旧正月ちゃいますのん
せや　中国の旧正月はカキ食べるねんで
縁起ええんやて　町中　景気良《よー》なるんや
せやオレ　もうじき　北京上海　行くんやった

TikTok のエライさんと会うねん
中国に通い出した　ずっとむかし　道という道で爆竹バンバン煙もう　もう　歩かれへん
まるで市街戦　みたいやった
えッ！　バクチやってますか！
ちゃうがな　バ・ク・チ・ク
丁半　サイコロバクチ　このあたり　まだやってるらしいでっせ

七福湯に行く前に　寄ってきたいとこあるねん
どこです？
岸の里幼稚園
オレのお母ちゃん　先生《センセ》しとってん
場所はよー憶えてないねん

グーグルマップで行きましょ
ショーハル　そんな事できるんやあほかしこやん

キャベツ　高《たこ》うなりましたわ

ショーハルは姉夫婦のそば屋柳庵を手伝《てつと》てる　夜中から朝方まで
値段が倍以上になって　玉も小《ち》いさなってますねんで
朝方三時・四時が　ダレますねん
五時ぐらいになったら　ドカドカ　ホスト連中や黒服やキャバ嬢　一度に来よりますねん
今日《きょうび》　女の子のほうが　沢山《ようけ》食べよります
股も　パッカーン開いて！
ショーハル　いらんこと言わんでええねん
ホンマ　キャベツ高《たこ》うなりよりましてん

あっすんまへん　行き過ぎました
ちょっと戻って　二個《こ》目の角　左ですわ
き・し・の・さと　——千本南
ななめ左に行って　そこのどん突きも左です
ウッソ　こんな細い路地《ろうじ》通るんかいな
グーグルマップでは　そうなってます
グーグルマップも　あほちゃうか！
出て右ですあっ左　ひだりです！

あき地やな
　白く小さな花のペンペン草も生えてる
地形はうっすら　憶えてるわ
ジャングルジムあって　砂場が奥でうさぎ小屋このあ
たりやったか
無《の》うなってしもた

ショーハルと二人して　空地に向かって神妙に拝む
まだうす暗い朝の五時半には堺の家を出て　堺東駅
から南海高野線で天下茶屋で降りる
夕方幼稚園の仕事が終って　そこから毎日毎日　卒
園した子たちの家を回ってピアノを教えに稼ぎに行
ってたな
西成の町を歩いてた母親
冬は　寒かったんやろか　こんな暗い細い路地も歩
いてたんやな

雨降り　の日も歩いてたんやな
傘　ちゃんと持ってたんかな
ガンの再発と再々発の予感　気にしながらの人生
見習わな　あかん　バチあたる
母の我慢強さとぺんぺん草の小さな花のようなささやかな人生

次の日アサイチ新幹線で東京へシートに坐って　何気にヤフー検索　ググル
岸の里幼稚園――
えっええっ！　あるやん無くなってないやん
これでまた　岸の里幼稚園　探しに行ける

また会える
ナズナのような偉大な母に
ふり出しに戻る

トッゼンのじいさま

ぐふ〜〜　と熱いお湯にアゴまで
がまん
ひゃ〜〜　と水風呂にずっぽり
ヒヤリ

十八才初体験サウナ水風呂熱湯
十九才心斎橋清水湯で中毒
サウナ↓水風呂↓熱湯
行ったり来たりアチコチ
人生で何度くり返しただろ
三百六十五日×五十二年×五回（として）
ざっと十万回のアチコチ行ったり来たり
大阪のキタ新地で　ミナミの体育館ウラで

榊原温泉で尾道で十勝で霧島で
昆明で海南島でジャングルのシーサンパンナで
パリのモロッコ人のスチームサウナで
ニューヨークの韓国街のハンジュンマクで

風呂あがり　くわな湯を川むこうに見て
浅野川沿いに牡蠣鍋食べた
門前と屋根に消え残っていた
雪の金沢主計町
割烹着のおばあちゃん三人と
お女将さんが椅子に坐ってお出迎え
みふく
お互い元気でなにより

メチャ旨い
能登半島地震のあとも　キャンセル無し
地元の人達がどんな時も支え合って

みんなでひっそりと守ってる
私の日本橋のちっぽけなアートギャラリーにも　生残った輪島塗の器たち
漆器の最高峰ジャパン

人とお鍋　人とお道具　人と銭湯
通い続けて守ることしかできないけど

黒いお湯の大和温泉の匂いのまま
手作業で薪を焚べてお湯を作る　こばし湯へと歩く
ゆ　ひと文字の看板
青い夕焼け空と白地に赤く　ゆ

小橋を渡って夕闇の中へもぐり込む

こばし湯の裏におっきな木
白鷺の群れが枝々に
羽をバタバタと止まってる

この木　なんだろ？
鳥たちのスイートホームかコロニーか
終のすみ家じゃあるまいし

小橋のちょうど真ん中で立ち止まる
ペラペラと新聞紙をめくる
風もすこし出てきた

『かなざわおふろ旅新聞』
だって
発行所　石川県公衆浴場業
生活衛生同業組合
金沢支部
お姉さまお二人でなさってるみたい
目次
「パパママ銭湯企画」
「時代と共に歩んだ金沢温泉銭湯文化　戦後から60年代の全盛期」

大和温泉ご主人の憲明さん
文責。とある
学生時代の闘士の名残りか
「マイスター銭湯徒然記」
スーパーマイスター・プレミアマイスター・グランマイスターとか　ランクがあるらしいな
ふむふむ笑
「銭湯を支える人たち」

サンダーバードと新幹線を乗り継いで京都から金沢にやってきた
むかしは雷鳥一本で来れたのに
なんだか不便になったけど
不便だからこそ
日常の発見と人のつながりがある
不便益

夕刻四時三十分の大和温泉実況中継
ひとりふたり　数えると十三人のおじいちゃん達　私含む

このじいちゃん　私より三つ四つ年上か
あーこのじいちゃんは八十才ぐらいか
この人ととなりの人は同い年位かな

カラン前
三人　ずっとさっきからヒゲを剃っている
この二人　ずっと歯をみがいてる
東京の銭湯だと　歯みがきしてたら怒られる
サウナのタオル交換のおばちゃんにメチャおこられる
じいちゃん達は　ホントによく叱られる

100円ショップで買った銭湯カゴ
アメニティグッズが色とりどり
白髪　白髪まじり　まん中テッペンハゲ
みんな同じシャンプー&トリートメント　東山のじいちゃんにブームだな

５００mℓ《ミリ》か？
３５０mℓ《ミリ》二本じゃ
ははあ　風呂あがりのカンビールだな

ワシんとこの犬コロは雪が好きじゃ
（方言、多分こう言った）
あらら？ひとりごと？
誰も返事しない　ノーリアクション
一分経過　トツゼン
ワシんとこの犬はコタツにすぐに入りよる
鼻だけチョコっと出してコタツ好きなん
沈黙再び

しんいちさん帰ったな……
じいちゃん二人出る
入れ替り二人入ってくる
ヤッ！　出入りで温度低いな

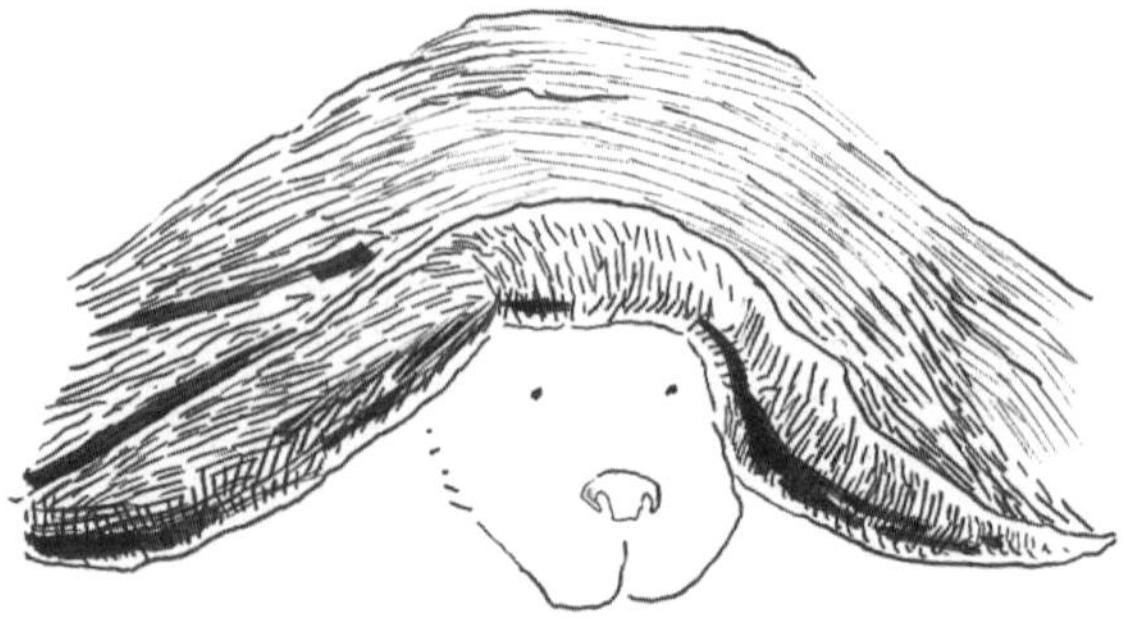

沈黙続く

トツゼン
あれじゃな政治家と文化ちゅうのは切り離さなイカン
政党や政治家や　そんな人がヒトのハナシをさえぎってしゃべりよる
他人《ヒト》さまの悪口をずっとしゃべっとる
我がひとり真っ当な言いぶりじゃ！
どうした　じいちゃん怒り中
政治やるんが　他人《ヒト》さまのことをあーじゃこーじゃと　あげつらうのはありゃいかん

残りの二人のじいちゃん反応なく

ゆーちゅーばーとか　子らが見よるじゃろ　おっきな声で大仰に身振り手振りハデにしよ

じいちゃん一人出る
あとを追ってまた一人出る
とうとう私と赤鼻のじいちゃんと二人きり

立場ちゅうもんが政治家にはあるじゃろに！　のう　あんたさま！
えっ！オレか！
熱さと冷めたさと　お湯と雪と
私と地元のじいさまを覚醒させる——の巻

第8章

島田紳助、ほぼ独占告白！

周りの人はみんな優しい

大﨑　俺、頻尿やねん。もうほんまにあかん。いきなり何言うねんって話やけど（笑）。

紳助　え、大﨑さんも！　俺もそうやってん。

大﨑　え！　紳ちゃんも！

紳助　飲み屋で「おしっこしたい」と思ってトイレ行くやん。出えへんねん。

大﨑　せやねん。

紳助　「もうなにしてんねん」いうぐらいちょろちょろっとしか出ない。で、「早よ出ろ！」と思うぐらい痛いねん。それが何回も。「これはやばいな」と思って友達の医者に相談してん。友達のなかには旧型の手術をしたら良うなったと言ってるやつもおんねんけど、その医者曰く「手術にはやっぱり色々とリスクもある」と。で、その医者が「これ飲んでみてください」って探してきてくれた薬がこれよ。一日一錠、これ飲んだら治ったわ。

大﨑　これそんな効くの。

紳助　めっちゃ効くで。要は前立腺が肥大しているから尿道を圧迫しておしっこが出えへんねん。せやから前立腺を小さしたったらええんやと。これ飲むと前立腺が小さなんねん。夜中も六時間、七時間トイレ行かんようになった。

大﨑　この薬、お医者さんに行ったらもらえるんやろ。

紳助　もらえる。実は、金玉の調子悪くて「癌ちゃうか」と思ってそのときは別の医者やってんけど「七年前も同じ症状で来てはりますよ。それ、原因は筋トレですよ」って言われて。

大﨑　紳ちゃん、筋トレめっちゃやっとるもんな。

紳助　エコーかけてみても何もできてへんねん。ほんでその医者に「何もないですね。これ以外ですとあとは前立腺小さなってますね」って言われたから「あ、あの薬効いてんねや」と思て、その医者にはじめて「実は、これ飲んでるんです」って言うたら「それ効くでしょう。高いけど」。「高いんや」って、そんとき初めて知って。

大﨑　ええなあ。俺なんか昼間もそうやけど、夜はもう確実に一時間から一時間半ごとにトイレ行く。

紳助　膀胱が小さなってんねん。歳とって収縮性がなくなってるから。

大﨑　映画とか芝居とか、そもそもそんなに行かへんけど、上演中もたへんからもう行かれへんねん。新幹線も東京から新大阪までの間に三回はトイレ行くもんな。

紳助　これ飲んだら治るで。

大﨑　すぐ医者に言おう。もう今日このハナシ聞いたからこれで帰ってもええぐらいやわ（笑）。

紳助　俺、仲間に医者がたくさんおるやんか。この薬見つけてくれた内科医の友達がめっちゃ親切やねん。わざわざメーカーにまで問い合わせてくれてな。お坊さんみたいなお医者さんで、おとなしくて優しい。「今度ハワイ行く」って言うたら、あらゆる想定して薬セットしてくれて。

大﨑　それは半分、紳ちゃんやからやろうけどな。

紳助　いや、ほんま他の人にも優しいで。子供さんもおらん人で唯一の趣味が競馬。三十年間負け続けてんねん。

大﨑　何歳ぐらいの方？

紳助　もう六十。みんなに爆笑されて。「先生、今年どうですか？」「今年すごいんですよ」って言うからどんだけ勝っててんねんと思うたら「今年七十万しか負けてないんですよ」って。「なんでそんな勝ってる口調で言うんですか？」って聞いたら「え、七十万ですよ。十月ですよ。毎年今頃は数百万負けてるんですから」。三十年間でプラスの年は一回だけ。

大﨑　プラスの年もあったんや。

紳助　とんでもない大穴がたまたま当たっただけ。「のべ数億円負けてます」って言うてはった。

大﨑　そういう優しいお医者さんを一人でも知ってたら助かるよな。紳ちゃんの周りの人はみんな優しい人ばかりやからなあ。

これが老いというものか

紳助　インチキみたいな医者もいっぱいおるけどな。

　あと大﨑さん、大事なのは筋トレやで。ぜんぜんしてへんやろ。

大﨑　いや、してんねん。この二週間ぐらい前からなんちゃってスクワットを二十回と、エキスパンダーいうのを二十回ずつ。

紳助　それめちゃめちゃせなあかんで。

大﨑　それはでけへん。俺そんな根性ないもん。

紳助　いやすぐできるようになんねんて。一カ月でできるようになるから。

大﨑　紳ちゃんが言ってた「歳いっても筋肉は嘘つけへん」、あれほんまにそうやし、とは思うねんけど、何か気になることや落ちこむことがあったりすると、「今日はとりあえずええか」ってサボってしまう。でもこの二週間は続けてんねん。

紳助　俺がよく行く店の人なんてこの前なんもない横断歩道でこけてんねんから。あれ筋トレしとったらうまいことこけて怪我せえへんのよ。

大﨑　この歳でこけて骨折でもしたら寝込んでまうからね。

紳助　俺なんかぜんぜん元気で筋力、体力あるわ。目だけやわあかんの。友達で鬱になったやつがおってんけど、筋トレしたら鬱も治んねん。健全な肉体がつくと若いときに戻ったみたいになってやる気になってくるのよ。筋トレやると老人性鬱もなくなっていく。面倒くさいことを明日に回さんようにもなんねん。

大﨑　ほんまにせやな。俺もこの歳でまだ仕事してるから「ああ……面倒やなあ……」って後回しにしがちなメールとかあるやんか。芸人さんのマネージャーしてたときは人のことやから「ああ……」とは思うんやけど、「頑張ってこれやらな」と思ってちゃんとやるやん。でも今は自分にかかわってくることやから「もうええわ」ってつい思ってしまうねん。けど筋トレはじめた二週間ぐらい前からは明日に仕事を残さんようになったな。

紳助　でも大﨑さん、今話してるその姿勢やけどな、首が前に出てるよ。

大﨑　これあかんの？

紳助　あかん。それなんでかというと背筋がないねん。ちょっとあとでやろか、背筋のつけ方。教えたるわ。ペットボトルでええからできんねん。

大﨑　今日、頻尿の話と背筋の話で終わってまうやん（笑）。

紳助　せっかくやから覚えて帰ったらええやんか（笑）。筋トレのポイントは色々と考えてやる状況を自分でつくることやねん。

大﨑　もともと紳ちゃんはそうやからな。

紳助　いや、ぜんぜんせえへんよ。

大﨑　高校生の頃からもそうやし、吉本入ってからも紳助竜介でデビューしたときから夢中になるものを自分でみつけてツレ（友達）巻き込んでやっとったやん。

紳助　いや筋トレは一人でするからそんなん無理やねん。この（マンションの）下にジムがあんねんけどな、あんなん入っても絶対行かへんよ。月二万払うたらもう「払ろうてるから俺もう行かんでええやんけ」と、払っただけで満足してまう。だからこの家の隣の部屋も買うて、今そこをぜんぶジムにしてん。それぐらいすれば「もったいない」と思って「これはやらないかん！」と思うやん。

筋トレはダンベル一個でもやる気になったらなんでもできるんよ。コツは「経営者になること」。経営者になったら「これは自分のためにしてんねん」と思うやろ。「自分のためにやろう」と思うと同じ百回でもきついポディションで百回をしようとする。これがバイトやったら単に百回という回数をこなせば金もらえるから楽なポディションで百回する。自分で「俺はバイトやないで経営者や」と言い聞かせて、しんどいポディションを探して百回。毎回「俺は経営者や」って思うてやってんねん。

大﨑　紳ちゃんらしいわ……。

紳助　大﨑さん、今のままやったら八十になったとき、ヨボヨボやで。

大﨑　せやからこの二週間、エレベーターに乗ったときとかも、踵上げて鍛えてんのよ。

紳助　それも片足でせなあかんで。俺なんかエレベーターのなかで荷物持ちながら片足で立ってるもん。エレベーター内にカメラついててモニターに映っているから他の住人には「アホやろこいつ」って笑われとるけどな（笑）。

大﨑　隙間みつけてやるというのは大事やね。

紳助　なんでもそうやけどやる気よ。大﨑さん、俺より歳何《なん》こか上やもんね。

大﨑　今年七十二。さんちゃん（明石家さんま）は七月で七十。

紳助　この前、同窓会に呼ばれて行ったら、もうお爺《じい》とお婆《ばあ》の集まりやったで。「お前だけ若いなあ」と言われて。ただ、さっきも言うたけど目があかん。

大﨑　男性の体が老化する順番で「歯、目、マラ（下半身）」って言うからな。

紳助　五年前にカートに誘われて行ったときは問題なく乗れたんやけど、二年前に誘われて行ったときはもう無理やったな。なんぼ頑張ってもワンタイミングずつコーナーが遅れていって、ラインがとれへんねん。「これが老いというもんか……。元気では補えへんもんがあるなあ……」って痛感したわ。見たもんを脳で伝達する速度が遅れてんねやろうな。普段の運転も気つけなあかんわ。

才能が死に向かってる

大﨑　筋トレの話からこんなん言うのもあれやけど、紳ちゃん、KBS京都でラジオしようよ。

紳助　何言うねん。やらへんよそんなもん、絶対！

大﨑　なんでや、KBSは「心の故郷《ふるさと》」やん。

紳助　KBS京都で昔やってたハイヤングKYOTO（一九八一年〜八七年）、たしかにあれが自分のなかで一番重いね。

大﨑　せやろ。

紳助　「昔から番組見てました」とか「ヤングタウン聞いてました」と言われても何も思わんけど、「ハイヤン聞いてました」と言われたらジーンとくるね。ハイヤンやめるときに夜中、リスナーがわざわざKBSまで駆けつけて花道つくってくれてめっちゃ感動したもん。

大﨑　本人目の前にして言うのもあれやけど、テレビや漫才ももちろんやけど、ラジオでの島田紳助の才能はもう今後百年出てけえへんよ。その才能がほんまにもったいないって。これがもう死に向かってるから、その才能を残しとかんとほんまに。

紳助　大﨑さん、俺が五十ぐらいやったらそう思うかもしれんけど、もうすぐ七十やで。そんなもんもう無理やって。第一、しゃべられへんもん。

大﨑　だから筋トレと一緒でちょっとずつしゃべっていったらええやん。

紳助　しゃべりたいときにしゃべってるから楽しいのであって、前みたいに「明日十一時に」とか「あと一時間後に」って言われたらしんどいわ。しかもいきなりは無理やからそれにむかって気持ちを上げて、いつでもいけるようにしようと思ったら自分なりにまたトレーニングをはじめようと思ってまうもん。ボクサーの減量と一緒で二十四時間ずっとでしょ、それはもうしんどいし無理やわ。引退した競馬の騎手みたいなもんやで。体重六十五キロのやつにもういっぺん騎手になれみたいな。「いまさら五十キロに落とせるかいや！」って。現役でずっとやってるから五十キロでおられるんやから。

大崎　いやだから六十五キロやったら六十五キロ並みにやってたらええんよ。

紳助　いやそんなんできひん。絶対に嫌。遊びでやるのはなんとも思わへんで。でもラジオやるとかなったらちゃんとやらなあかんと思てまうから。だからYouTubeでも「やれ」って言われてやったらまたノイローゼみたいに考え出してしまうんよ。どうしたら視聴者は見るのか、何を求めているのか、今の時代は何やと、また漫才のときと同じで時代から徹底的に勉強し直して流れを読むことをとことん追求してしまう。もうそんなんしんどいし、ちゃんとやらんかったらやらんほうがマシ。ストレスがめっちゃたまる。

それにたぶんしゃべってて落ち込むで。「え、何これ……。俺、ぜんぜんしゃべれてへんやん……。違うやんけ……」って。さっきのカートと一緒で、あのときも一人で落ち込んでたもん。それを「もういっぺんカート乗れるようにしろ」っていう話やから、体重減らして、毎日練習行ってとなる。でも、もう七十やで俺、こんなじじいがしゃべる必要もないよ。

自分の思い描いてるイメージ

大崎　筋トレしながら、「よし」と思ってテンションあがって、「ちょっとしゃべったろかな」という気にはならへんの？

紳助　一ミリもならへん。

大﨑　紳ちゃんは完璧主義やからな。

紳助　いやそうじゃなくて、自分を知っているからイメージがあるやん。五十五でやめたけど、実は五十ぐらいから「ちょっとこれはやばいな、もう無理やな俺……」と思っていたから。

大﨑　でもそれは紳ちゃんのなかで思えている言葉があって、０コンマ何秒ボケるか、ツッコむかのスピードが遅れるというのはあるかもわからへんけど、筋トレと一緒で、言うても若い頃の筋肉にはなれへんわけやんか。でも年寄りなりの筋肉で年相応の筋トレをやっていけてるわけやから。

紳助　いやそういうのをできる芸人さんはやっていけると思うで。でもそんなんは俺嫌やねん。自分の思い描いてるイメージがあるから。

大﨑　春日三球・照代さん、人生幸朗さんみたいなのは嫌なんやな。

紳助　おらん人やから大丈夫や思うけど、今おる人のことはよう言わんで（笑）。要は自分で面白いと思うもんが今の自分では絶対でけへんということよ。

大﨑　昔、吉本入って最初に笑福亭仁鶴さんの現場のマネージャーしたときに、仁鶴さんの喉にポリープができて何かの拍子に仁鶴さんがポツリと「大﨑くんすまんなあ、私が調子ええときにマネージャーしてくれとったらもっといろんなことを見せてあげれたのに。思うところから一枚、二枚声が出えへんからな、こんなやねん。すまんなあ」って言うてはって。

紳助　めっちゃわかるわそれ。まさにその感じ。ドレミファソラシドと音は出ていてもその間の音が出えへんねん。しゃべってて「雑やな……あかんわ」と思うね。音として、前はドとレの間の一・七でしゃべろうと思ったら自然とできてたもんが、もうそんな細かいコントロールきかへんから「レでいってまえ」みたいになってまうねん。

おもろいやつのしゃべりって絶対に音程やから。竜（松本竜介）とはじめて漫才の稽古したときも俺はしゃべらんと、あいつにずっと同じことさせて、「違う」「違う」「音が違う」「音が違う」「音が違う」「違う」って何度も言って、間もセリフも同じにしゃべってるんやけど音が違うからやり直しさせてん。「違う」「もういっぺん」「もういっぺん」って何度も何度も繰り返し稽古させて。俺らは音痴で歌は歌えへんけど、漫才も歌がうまいのと一緒で音程やねん。

大﨑　ネタもあるしリズムもあるし音程もあるしということやな。

紳助　もちろんネタがおもろなかったら無理なんやけど、やっぱり音程が大事やね。それは見ている人もわかるけど、やっている本人が一番嫌というほど痛感する。だから仁鶴さんが言うのめっちゃわかるわ。イラつきがあんねん自分のなかで。一・八の声やのに無理やから二の声でごまかしてやってるっていうのが。

大﨑　仁鶴さんは「それなのに仕事が入ってきて嫌やけど断りたいんやけどよう断らんし、吉本が『休まれると会社が潰れる』言うてくる。せやからちょっとずつポリープを取って。会社のためやからこないしてるんや」と淡々と言うてはったな。

紳助　俺もポリープできてちびちび取ってたで。五十のときに一回大きく取ったんやけどな。昔、漫才ブームのとき、寝んと働いているときに舞台十日間で二十二回ぐらい漫才したやんか。あのうちの三分の二はちゃんとやらへん。「ちゃんとやれ！」ってしょっちゅう怒られるんやけど声ぜんぜん出さへん。なんでかというと自己防衛やねん。ぜんぶ真剣にやっていたら声とんでまうもん。竜は真剣にやってたけど、俺は「声出したらもたん」って自分でわかってから。

大﨑　それでもそれなりにウケてたやん。

紳助　いやぜんぜんウケてへんかったで。何言っているかわからから当然やろ（笑）。

漫才も好きじゃなかった

大﨑　だからそれとおんなじで歳いってもうまくできそうやん。これだけ世間のみんなが「やってや」と言うてるんやから、やったほうがええんちゃう？　別に昔みたいにテレビのレギュラー何本もやるとかじゃなくて。

紳助　いや大﨑さん、最近自分でわかってきたんやけど、根本的に好きちゃうねん俺。漫才やったのも別に漫才が好きでやったわけちゃうかったし。ただ漫才の教科書ってなにもなかったから自分で研究したやんか。ダイマルラケット、エンタツアチャコ、千里・万里さんの漫才、ぜんぶテープ取ってノートいっぱいつくって漫才の歴史から研究しつくして。ほんでやって、漫才やめた後に「漫才たまにやりたいと思わへんの？」ってよう仲間に聞かれてんけど、一ミリも思ったことないのよ。ゴルフだってそう。六十からゴルフはじめてノートいっぱいつくって研究して月に七回も八回も真剣にやっててんけど、去年から目がおかしいからゴルフ行かんようになってん。ほんで「あんだけやってたらゴルフ行きたくなるかな」と思ったら全く思わへんで。「あ、一緒やなあ」と。五十五で仕事やめて、この間「もういっぺんやりたい」なんて一ミリも思ったことないのよ。

ただ仲間とおって「こいつしゃあないなあ、YouTubeもこんなふうにもっとちゃんとやったらええのになあ、手伝おうたろかなあ」とは思うけど、「また出たらやいやい言われるからやめとこう」と思ってしまうからやらんだけで。

幸せに気づけるかどうか

大﨑　でも高校のときからやんちゃしながらいろいろ工夫して遊んで、島田洋之介・今喜多代師匠に弟子入りしてKBS京都でラジオやって、なんば花月やうめだ花月や京都花月でネタしながら、おんなじような歳格好の子と野球したりモトクロスやったりして。

紳助　あれはすべてはじめての経験やったら楽しかったんやで。

大﨑　なんかずっと自分で探して夢中にやってたやんか。

紳助　さんまと違うのがそこやねん。俺はいらんことばっかりするから。さんまは芸が好きやねん。だから芸事をずっとやっていく。俺は違うことに興味持つから野球やったりモトクロやったり、バイクチームつくって真剣にやったり、「洋服屋するわ」言うてはじめてみたり、いらんことに興味見つけてウロウロしてまうねんな。

大崎　四条河原の石も拾うてきて売ってたな。今は何に興味あんの？

紳助　特にあらへんよ。これが普通。この前も同級生とその話になったんやけど、ええ温泉行ってて、夜に「なんかええなあ、こんななんでもないことが幸せやなあ」ってしみじみ言うたら同級生に「紳ちゃんな、ええか、これなんでもないことちゃうで。われわれサラリーマンはこんなええ部屋泊まれることとなんて生涯ないねん。これぜんぜんなんでもないことちゃうで」って説教されたんやけど、言われてみれば「せやな」と。「これが幸せなんやわ」としみじみ思うて。

大崎　ええところ泊まってのんびりするというのもすごい幸せなんやけど、歳いけばいくほど「平凡が一番ええなあ」と思うとこあるからなあ。

紳助　退屈やねんけどな。嫁を見ていて、嫁に「晩年お前のほうが幸せやな」と言うたわ。この前も久しぶりに一緒にゴルフ行ったんやけど、同じゴルフしていても嫁のほうが楽しそうやねん。俺はただゴルフをやっとるだけで。嫁曰く「私、人生楽しんでへんからまだいっぱいあんで」。「いつ死ぬかわからんから」って旅行もめちゃくちゃ行ってるわ。

大崎　由美ちゃんは島田紳助の嫁ということでないことないこと色々書かれたりそれは苦労したやろからな。今やっと「私の青春や」と思ってはるわ。

紳助　せやから家族が一番俺に「もういっぺん仕事してほしない」と思ってるのよ。現役のころは俺こんな穏やかな人格と違って、ピリピリしてたやん。

大﨑　神経高めて家帰ってもずっとステップを踏んでる感じやったもんな。

紳助　そう、絶えず肩をあっためてた。あんとき家族がめちゃくちゃ神経質になってたから。とりあえず居心地ようせなあかんとか。それがもう堪忍してほしいと。今が一番平和なんよ。嫁に「もういっぺん仕事しよう思うねん」って言ったら「それだけは絶対やめてくれへんか」って絶対言われるわ。「今私もうめっちゃ幸せ」ってしみじみ言うてるから。先週なんか体調悪いのに三回もゴルフ行っとったもん。「おまえ凄いな、こんな寒いなか行って」って。来月は娘と香港行って、再来月はウズベキスタン行くって。普通行かへんやろそんなとこ。ウズベキスタンって(笑)。

おとといも孫が中学受験終わったからって淡路島で牛タン食べて、いちご狩りして、アウトレットに寄って服爆買いして。帰りの車のなかで孫と一緒にいて嫁に「これな、なんとも思うてへんけど、幸せやねんで」って言って。幸せに気づくって大きいよな。

大﨑　淡々とした何も起きないほんわかした一日がめっちゃ幸せって歳いって気づくよな。やるだけのことやったし、今は公私ともに落ち着いた時期やからなあ。

誰にも気づかれない

紳助　でもキャンピングカーで時々旅行も行ってあれめっちゃおもろいで。不便が逆に楽しく感じる。しかも道歩いてても誰にも気づかれへんし。

大﨑　いや気づくやろ（笑）。

紳助　ぜんぜんやで。普通に街中《まちなか》おるけど誰も気づかへん。気づかれるのほんまに稀。

大﨑　紳ちゃん、それはないわ。

紳助　いやいや大﨑さんそんなことないねんて。テレビに毎日出てたからそれが道歩いているのを見て「あっ」て思うねんて。三泊四日のキャンピングカーの旅で気づかれるのはせいぜい一回ぐらい。地震の前に輪島にも行ったんやけど小さい喫茶店に入って五十七のおばちゃんと娘さんと一時間ぐらいしゃべってんねんけど、まったく気づかれへんかったから。

大﨑　そんなことある？

紳助　あるある。だから楽しいねん。その旅でも一回だけやで気づかれたの。サービスエリアで「わあー」って言われたから「え、どないしたん」って逆にこっちがびっくりして。それだけ。だいたい一旅一回。お店の人とかとめっちゃ触れ合うからしゃべんねんけど、なんも気づかれへん。

大﨑　じゃあ俺のほうがむしろ顔さす（街中で気づかれること）か。『ＦＲＩＤＡＹ』に十六回載ったから。この前も青森で「あ、大﨑さん」って言われたし、しょっちゅう声かけられんねん。

紳助　特に地方行ったら全くやで。この間も富山へキャンピングカーで行って帰り従兄がいる岐阜寄って、小料理屋に連れて行ってくれて飯食べてて、「あ、俺がお会計しとこ」と思ってトイレ行くふりして女将さんに「すみません。先にお勘定を」って言ったら、従兄がそこの常連やったから「あ、それはできません」って女将さんに言われて、「そこをなんとか」「いやうちとしてはできないんです」って何度かやり取りしているうちに、女将さんが「島田紳助さんに似てますね」って。

大﨑　（爆笑）

紳助　「似てますね」って言われたら嘘つく必要もないやん。

大﨑　そこまでボケられたらな（笑）。

紳助　「あ、本人です」って言うたら女将さん爆笑してんねん。「似てますね」って言われて「本人です」と毎回嘘つく人やと思うてんねん。「またそんな冗談言うて、面白い人ですね」みたいになって、「俺、何にスベッてんねんこれ」って（笑）。

大﨑　「そんなことばかりまた言《ゆ》うて」ってやつな（笑）。

紳助　そう。ほんでそうしている間に従兄がきて「お金払うたらあかんで」って言うから「いや今、島田紳助さんに似てますねって言われて本人や言うてんねんけど、俺が嘘ついている設定になってんねん。なんとかしてよ」と言って、従兄が「いやほんまもんやで」って言うたら「え、そんな親戚にいるなんて言うたことないですやん‼」って。いや見たらわかるやろ（笑）。「いやいやなんで紳助さんがこんなとこにおんの‼」って。

大﨑　まあ、せやな。生《なま》の島田紳助を見たこともないし、「なんでこんなところに？」っていう、まさかまさかがあるからな。

紳助　だから気づかれるの一回の旅に一人いるかいないか、ほんまに。

大﨑　いやー気づいてる人いっぱいいてると思うけどなあ。声かけへんだけで。

紳助　いや普通にしゃべってて「あっ」とか気づいたときのリアクションがあってわかるやん。そんなんまったくないから。もう昔テレビに出ていた人なんてわからへんのよ。大阪やったら気づく人の率はまだ高いかもわからんけど。

大﨑　八割は気づくやろ。

紳助　そんなにおらんて（笑）。現役のときだって心斎橋歩いててもほぼ気づかれへんかったもん。これがスーツ着て歩いたら九割五分気づかれる。テレビと同じものが歩いているからなんよ。

大﨑　知り合いでも銭湯で真っ裸だと気づかへんことあるからな。服とかそういうのがあるんやな。

紳助　引退してもう十四、五年になるから誰も気づかへん。せやからサングラスかけて顔隠す必要もまったくない。

大﨑　それはそれで新鮮やろなあ。

紳助　ただ同じマンションに住んでる人はわかってるけどな。この前も夜に自転車乗って帰ってきたら住人の人に「え、自転車乗りはるんですか！」って。いや、乗るでしょ普通（笑）。

大﨑　いや普通は「え、自転車乗りはるんですか」って言うやろ。

紳助　「いや乗るでしょ」言うて。

大﨑　そら「乗るでしょ」やけど（笑）。

紳助　言われたほうがびっくりするわ。乗らん思うてんのか。

大﨑　乗らんイメージやもん（笑）。

紳助　どんなイメージやねん。

ミルクボーイを知らない

大﨑　そしたらなに？　紳ちゃん、M1とか自分がつくったやつやんか。毎年、M1見るの？見てないの？

紳助　一回も見てへんほんまに。

大﨑　（爆笑）

紳助　だいぶ前にミルクボーイっていうコンビが優勝した年に巨人（オール巨人）と久しぶりに

会って飲んでん。あいつ熱いから俺に漫才の話を延々と語りよんねん。M1勝ったといってもこっちはミルクボーイの存在をまったく知らんやん。あいつずーーーーーっとミルクボーイの話してねんけど、何の話かぜんぜんわからんねん。でもあんまり巨人が熱く語るからずっと聞いてて、でもぜんぜん終わらへんから、二十分ぐらいして「なあ、それ誰やねん？」って言うたら「お前、見てへんのか!!!」って。「そんなもん見てへんよ」。

大﨑　（爆笑）みんな好きやろうけど、特に巨人さんはミルクボーイの漫才好きやろなあ。

紳助　だからというて今に至るまでミルクボーイを見たことがないねん。二年ぐらい前も飲んでて義理の息子に「一緒に飲もうや」って連絡したら「ごめんおっとう、今M1見てんねん」って言われて。放送していることすら知らんかった。昨年、「二十回目やから何かコメント書いてくださいい」と頼まれて、ええよって四つぐらい書いて渡したんやけどな。

大﨑　そんなことしたんや。俺も実は見てへんねん。

紳助　あの日が有馬記念の日でみんなで集まって有馬記念見ててぜんぜん当たらへんかってん。で、みんなで飲んで帰って寝て朝起きて携帯みたら司会の上戸彩ちゃんからメールがきてて「メッセージ、目頭が熱くなりました」って。すっかり忘れてて、「あ、ごめん、見てへんねん」って返したら上戸彩ちゃんから「まさか……」って返事が。でもほんまは、「あ、オンエアー昨日やったんや」というね（笑）。

大﨑　それは日常のなかで漫才に対する意識が全くないのか、わざと外しているのかどっち？

紳助　いや、わざと外していたら今日がオンエアーと知ってるはずやもん。そもそも現役のときからバラエティーは一切見いひん。見て、たとえば若手がおもろくて「おもろいなこれ」と思ったら知らない間に脳にインプットしてしまうから。本番中で興奮状態にあると勝手に脳の引き出しが開いてそれをしゃべってしまう恐れがある。それが怖いというのが一つ。

大﨑　「パクってんちゃうか」と思わてしまうからな。

紳助　そうそう。それもパクる意思もなく脳のタンスのなかに言葉がインプットされていて、普段平常心のときはその言葉の引き出しが開かへんねんけど、本番中で何かがある域に達した瞬間に勝手に開いてしゃべってるってことがあるから。

それともう一つは新しいタレントさんが売れたりしていても俺は知らんほうがいいというのがあんねん。そのほうが俺がそのタレントさんの新しい使い方ができるやないかと思うから。取扱い仕様を知らんほうがむしろええと思ってたんよ。その人の幅がもっと広がるかもしれへんし。せやからスポーツとかドラマとかは見るけどバラエティは見ない。大﨑さんも見いひんやろ？

大﨑　見いひんな。

紳助　違う見方してしまうからおもろないいやん。

お笑いなんて見向きもされなかった

大﨑　せやねん。こんなこと言うてしまったら身も蓋もないんやけど、吉本に入って、なんば花月の楽屋で紳助やさんまや人生幸朗さんがしゃべってはるのを見て、まだほとんど学生みたいな感じやったからそのショックと、「こんなに一言一言おもろいこと言うおっさんや兄ちゃんが世の中におったのか」ともう新鮮で、圧倒されていた。そして入社一年目のとき、梅田に阪急ファイブ・オレンジルームができて、そこで「ロールオーバー・ザ・漫才」、サブタイトルに「漫才なんかやめたるわい！」というのをデビューしたての紳助竜介がやった。入社一年目の俺はそんなピカピカのオレンジルームとどうやったら契約できるのか？　そもそも紳助竜介さんに一緒にやってくださいとなんて言っていいかわからんかったんやけど、同期で入社順位一位の京大出の田中（宏幸・元吉本興業代表取締役副社長）が中心になってやって、「やっぱり田中はかしこいなあ」と思って。

紳助　大﨑さん、それはな、こういう話やねん。俺ら吉本入った当時のうめだ花月とか劇場ってダサかったやん。若い子たちはお笑いなんて見向きもしてなかった。だから「新しいことせなあかん」と思ってたんよ。

大﨑　漫才って消えつつある芸やったもんな。

紳助　だから「漫才なんかやめたるわい！」ってして、当時の最先端だったオレンジルームに「貸してくれ」と言うんやけど、むこうからしたら最先端の場所でダサい漫才なんかしてほしないわけよ。新しい大阪の文化を発信したいと思ってるのに「漫才？　堪忍してくれ」と。

大﨑　「漫才以外やったらなんでもええわ」みたいな感じやったもんなあ。

紳助　そう。で、田中さんと俺はたまたま実家が近所やってん。田中さんに「こんなことやりたいねん。オレンジルームなんとか説得してくれへんか」と。それで田中さんはオレンジルームの担当者を説得してくれたんよ。

大﨑　俺はそんなこと露知らず、京都大学出たやつ見たのはじめてやったし、「当たり前やけど俺なんかとはぜんぜん違うんや」と思って。「あの紳助竜介をくどいて田中はすごいなあ」と。しかも「漫才なんかやめたるわい！」って。

吉本に入って漫才に関して今でも三つ心に残っていることがあるんよ。この「漫才なんかやめたるわい！」という言葉と、その後、二丁目劇場ができて、ダウンタウンや今田（耕司）や東野（幸治）が若手のときに俺が香川登志緒先生（喜劇作家）から言われた言葉。当時、香川先生はもう御年で、若い芸人時代は偉そうにしてはったのかわからんけど、あのときはほとんど誰からも相手にされず、吉本の先輩社員も「あんなやつほっとけ」という感じで、放送局の人も煙たく思っていて、「芸能ゴロ」のような扱いで誰も相手にしてなかってん。そんなときに、お金もそれほどなかったと思うんやけど、毎日のように二丁目劇場に来はって、俺も暇やったから、近くのうどん屋でにゅう麵食べながら香川先生が「大﨑くんな、漫才っていうのは二人の会話だけで成立する芸やから、いつまでもずっと続くと思うねん。頼むわなあ」とおっしゃった。先生はそれから数年後に亡くなられたんやけど、「大﨑くんな」って言われたあの言葉が今も心に残ってるんよ。それと三つ目が松本（人志）と浜田（雅功）の漫才を見たとき、この三つやね。

紳助　俺なんてチャラいことやっていただけで生意気で今思うとほんまに恥ずかしいわ。

大崎　でも変な言い方やけど、紳助竜介の漫才があって、そのうち漫才ブームになるやんか。B&Bものりお・よしおでも太平サブロー・シローでもそう。もちろん面白いしうまい。でも新しい漫才ではなかったと思うんよ。ツービートさんは初期の頃のネタは「おっ」と思ったけど。だからセント・ルイスと紳助竜介ぐらいが、「新しい漫才のかたちつくるんちゃうかな。漫才のかたち変えよるな、変えていってるやんこれ！」って思えたのは。

人生が変わった夜

紳助　言うたら短期間でうまくおもろい漫才をつくろうという「仕組み」やからね。だから若手の頃、さっきもちょっと言うたけど、まずはじめにダイマルラケット、エンタツアチャコの漫才をぜんぶテープ取って、一言一句すべて紙に書いたんや。どうちゃうんやと徹底的に研究した。そうすると一分間に間が多いことに気づくわけ。でも「こんなん同じにしよう思ったら十年はかかる」と思ったから間を少なくするために片一方が一方的にしゃべれば、その一分間の間が少なくなる。演技が少なくなる分ミスする可能性も低くなると考えたんよ。

千里・万里さんも「高校生でなんでこんなおもろいんやろう？」と思って朝からテープしのば

せて舞台行って録音して、ぜんぶノートに書き出していった。そうすると技術的にそんなに難しくなくて、ただ一つだけがずば抜けてうまいことに気づく。「あ、そういうことか」と思って、「自分たちもこっちの方向や」と決めてつくっていっただけで才能ないことなんて自分でわかっとったし、長くは続かへんとようわかっとったんよ。

大﨑　でもあの頃、くすぶっていて異能異才と言われていたのりおさんにしても、連射型のB&Bにしても、いい意味でもべたべたのザ・ぼんちにしたって、みんな紳助竜介に引きずられて、一時代が築かれたからなあ。

紳助　幕末よ。みんながいたから明治維新ができたわけで、長州だけでは時代は変わらんかった。やっぱりみんなの力が同時に発揮できたから。運があったとしたらそういう人たちがいたということやないかな。

大﨑　それで「箱根の山」を越えたもんなあ。それまでは西の笑いは東京では通用せえへんというのがあった。大阪弁の独特のイントネーションも嫌がられて、「おかん」言ったら汚い言葉みたいに思われとったから。

紳助　俺らよう怒られとったで。漫才も「お前、俺」でやってたから、「君、ぼく」でやれって。「そんなやつ街出ておらへんですよ。リアリティーないですよ」って、怒られながらも「お前、俺」で貫きとおした。

大﨑　それが一九八〇年にＴＨＥ　ＭＡＮＺＡＩがフジテレビで放送されてツービートさん、やすし・きよし、ザ・ぼんち、セント・ルイス、そして紳助竜介が出て。

紳助　東京の人が「誰やお前ら？」ってなんも知らないの紳助竜介だけやったで。大阪ではちょっと出始めたぐらいで。あのオンエアー翌日から突然みんなが俺らのこと知ってびっくりしたことよう覚えてるわ。あれで一気に人生が変わった。

大﨑　それまで個室はもちろん大部屋の楽屋にも紳助竜介の名前はないし、お弁当もないし、番組終って周りの出演者はタクシーチケットもろうてんのに俺らだけもらえないなんてこともしょっちゅうやったもんなあ。

紳助　なんか「芸人の世界」やってん。俺ずっとやっている間も「芸人」って言われるのが一番嫌やった。「芸人ちゃいますから、タレントですから」ってずっと言ってた。俺の思っていた芸人イコール金もないのに博打して、酒飲んで、ほんまに失礼な言い方やけど、だらしない人たち。昔の「飲む打つ買う」の世界でそれを楽しんでいるみたいな。生意気やったから俺は芸人と言われると「怠け者」のイメージしかなかった。

大﨑　京都花月のじめっとした茶色くボロボロになった畳ひっくり返して、十円玉とか百円玉とか探しとったもんな。大げさではなくほんまに。そんな時代やったから、「漫才というこれから消えて無くなるような芸を今からもう一回売っていかなあかん会社に入ったんや」というのが、吉本入ってはじめてわかって、「こんなことしてる場合ちゃうわ」って思った。

紳助　昔の任天堂さんみたいなもんやで。今でこそ「世界の任天堂」やけど、当時は花札つくっている会社やったんやから。

大﨑　吉本の会社案内に「吉本テレビ制作室」とか書いてあって「うわッかっこええわ」って思ってたぐらいやし、ましてそこに入ってもそんなかっこええことなんてできへんやろうから、せめて大道具さんの一番下っ端で、「おいこれ運べ」と言われてセット組んでいたら「タダで吉本新喜劇とか漫才見れるやんけ、ラッキー」って思ってたぐらいで。ところが入ってみて、「このままやったらあかん」と思った。なんば花月なんて汚かったもん。あのすえた臭い。狭い牢屋みたいなうめだ花月の楽屋、京都花月は後ろが墓地で地下の楽屋行ったら夜中幽霊が出るといわれて、仮眠とるっていうてもじとっと湿った布団かぶって。客席より舞台のほうが人数多いところで漫才やってたもんなあ。

それがオレンジルームでロールオーバー・ザ・漫才やって、東京のテレビ局で漫才して、一夜明けたらえらいことになっていて。THE　MANZAIの五回目なんて（一九八〇年）十二月三十日に銀座の博品館劇場からの生放送をやると。俺はなにせマネージャーやから最終の新幹線に芸人さんを乗せなあかんことで頭いっぱいで、新幹線のホームで「もう出発します」となってもまだ芸人さんけえへんから、ドアに足かけて駅員さんから「こらッオマエなにやってんだ！」と怒鳴られながらも「もうちょっと待ってください」とお願いして乗せてみたいなことに走り回っていた。けど、あのときふと我にかえったら、「あんなところからよう銀座の博品館劇場で、それもフジテレビで、生放送で……」と感慨深くなってな。しかも俺らも赤坂東急ホテルに泊まらせてもらって。「ホテルに泊まれるなんて嘘やろ……」と思ったもん。あそこから時代が変わった。漫才も変わったし、吉本も変わったし、なんなら漫才師のマネージャーも変わった。吉本入って、「こんな世界あかん、やめたる」と何度も何度も思ってたけど、「やめんでよかったなあ」と思って。

寝ずに働いてたのに

紳助　その頃の俺らはまったく違う戦いやったよ。THE MANZAIの放送が三カ月に一回あってとにかくもう必死。二カ月の間に次のネタを少しずつつくっていくやんか。本番一カ月前に完成させて、残り三週間で完璧に仕上げて、ラスト一週間は一切しない。そのネタの新鮮味がなくなるから。で、本番前日の夜に一回だけやって、フジテレビに乗り込む。ボクサーの試合みたいなもんで、ほんまにみんな真剣勝負の戦いやった。だから他の演者と普段は仲いいんやけど、一切しゃべらないし見にも行かない。見たら影響受けるから。本番前とか空気がそれはそれはピーンと張りつめていたよ。ほんまにボクサーの試合前みたいやった。

でも大﨑さん、あんときのTHE MANZAIのギャラな、あれ五千四百円よ。六千円から吉本に一割引かれて。

大﨑　花月の出番でなんぼ？

紳助　はじめは一日二回出て千円。千円やで！　それは生意気にもなるって。うめだ花月って高速の下に駐車場があってんけど、駐車料金が二千円。「なんのためにやってんねんこれ、真剣にやってられるか」って思うでしょ。それでも紳竜はあまり苦節なくすぐ売れて、一年経ってギャラを決める契約で二千円にアップ。「二千円かよ」って。そしたら当時、阪神にバースがおって、社長の林（裕章）さんに呼ばれて「お前、三十六本ホームラン打ったバースでも年俸一〇〇％アップちゃうぞ」と言われて（笑）。

大﨑　ええ時代と言えばええ時代やけどなあ（笑）。

紳助　ラジオが二千二百五十円、テレビが大阪で四千円。金ぜんぜんもらえへんかったもん。漫才ブームのときなんか寝ずに働いてたのにやな。

大﨑　唯一寝られるのが新幹線の移動時間ぐらいやったもんな。それも乗り過ごしたらあかんから熟睡なんてできひんかったやろうけど。

紳助　体重が四十九キロまで落ちて。また林社長に呼ばれて、「お前痩せすぎや。クスリやってんの違うか」って。「なんでやねん。寝てへんからやないっすか」って（笑）。

大﨑　第一回目のTHE　MANZAIのときに吉本に入ってきたギャラがたしか一組二十万。「すごいな！」ってなってたわ。

紳助　俺、木村（正雄・元吉本興業常務取締役）さんにTHE　MANZAIの本番前に言われたもん。「すごいなあ君ら、いまやこれを百万で売ってんねん」って。俺らもろうてんの六千円やけど。

大﨑　たしか三回目ぐらいから吉本に八百万入ってきてたんよ。

紳助　めっちゃ儲かるから「羽田からフジテレビまで首都高何周回ってきてもええで」って木村さんに言われて。「誰がタクシーで首都高何周も回んねん」って（笑）。

大﨑　（爆笑）

紳助　ほんで一日に東京、大阪一往復半とかしてたからね。なんば花月とうめだ花月の舞台出るために、一度東京から帰ってくる。でもタクシーで行かな間に合わへんからタクシー乗るんやけど、それは自腹やから。まったく意味ない。毎日放送行くのにタクシー往復で八千円ぐらいかかって出演料が二人合わせて二千五百円。「もうなんで行かなあかんねん！」ってなるでしょ。

大﨑　漫才ブームのときで年収なんぼぐらい？

紳助　千五百万ぐらい。「すごいな」と思う人いるかもわからんけど、一日舞台二回、三回出て千円もろうて月百万円以上って、大変さわかるでしょ。月給九十万もろうたら「今月ちょっと寝たよな」と。百十万のときは「ほぼ寝てへんな」って。

でも俺ら寝る時間なかったけどマネージャーも数足らんから、大﨑さんも寝てへんやん。ほとんどぜんぶ一人でやってたな。木村さんと二人で二十人分ぐらい働いててめっちゃ大変やったやろ。

大﨑　ほんまに寝る時間ゼロやったもん。芸人さんを朝六時の東京発の新幹線に乗せなあかんやん。赤坂でタクシーとめといてホテルのロビーで待っていてもまず起きてこない。部屋行ってドアをドンドン叩いてもダメ。それでも叩きまくってなんとか起こしてタクシーに乗せて六時の新幹線に間に合わせて、次に羽田に行って送り迎えして、放送局に芸人さんを放り込んだらまた次行ってと。

紳助 スケジュール表もらうと、「二十七時」って書いてある（笑）。一日二十四時間ってこと知らんのかと。二十七時収録、朝六時出発って。数字はおうてるけど寝る時間は？って（笑）。ひょうきん族のオープニングに出演者で「俺たち、ひょうきん族」って言うシーンがあったんやけど、あれ撮るの夜中の三時頃、二十七時やもん。みんな忙しいからスケジュールが揃う時間がそこしかなくて。

で、六時に起きて羽田行ったらタイミング悪く横山やすしさんがおって、「おいっ」って声かけられてやな。「おはようございます」「お、ビール飲め」「ビール飲めって、あんたアル中やけど、俺ちゃいますよ。味噌汁やったら飲みますけど」と思っても、飲まんと怒るから「いただきます」って言いながら見てへん間に灰皿に捨てて、はよ飲んだら「おい、もう一本」って、また飲まされるから絶妙のタイミングで捨てて（笑）。

「ここで消えたら損や」

大﨑 そう考えると紳ちゃんやさんちゃんの世代よりも、もちろんその前の世代よりも、それこそ今の若い子の世代よりも、ダウンタウンやウッチャンナンチャンの世代が一番バブルやったし儲かっていたんやろなあ。

紳助　時代が変わって優遇されてから入ってるから、もうスタートが違うんよ。だから俺なんかは「しんどい思いして、ここで消えたら損や」という感覚やった。営業行ったら儲かるんやけど、俺は営業が嫌で行かなかったから。

大﨑　営業行ったら必ず喧嘩するからな（笑）。

紳助　でもあれ、実はわざとやっているところもあったんよ。若手で「行かない」という権限ないから、先方でトラブル起こせば「こいつらもう行かせられへん」って思うやん。だからめっちゃ怒られてたよ。朝、担当者から「お前らのせいでこれから謝りに行くんじゃ！　お前らええかげんにせえよ。俺が謝りに行ってばっかやないか！」って。

大﨑　マネージャーなんかは謝りに行くのが仕事みたいなところあったからなあ。

紳助　当時、B&Bなんかは月に五千万とか一億もらってるわけよ。

大﨑　営業行くからな。

紳助　洋七さんなんかめちゃくちゃ儲かってたよ。

大﨑　でもみな使ってしもうたんやろな（笑）。

紳助　いやもってるわ。『佐賀のがばいばあちゃん』っていうインチキみたいな本もよう売れたから。

大﨑　相変わらず嘘つきやろ（笑）。

紳助　八割嘘で、二割作り話（笑）。

大﨑　（爆笑）

紳助　この前も佐賀までキャンピングカーで会いに行ってんねんけど、おさむさん（ザ・ぼんち）と洋七さん、二人でおったらめっちゃおもろいで。「話長いねん、ボケッ！」って、七十超えていまだにおさむさんの頭本気でしばくんやから（笑）。

おさむさんが「紳助、俺いま舞台出てて、めっちゃウケてんねん」って自慢すんやけど、洋七さんが「アホか、あれはな『お、お、お、おさむちゃんで〜す！』って、ウケてへんで。お客さんびっくりしてはんねん」って（笑）。

大﨑　二人とも今も元気でおもろいもんなあ。

紳助　まあでも今思ったら二十代は二十代で懐かしいわ。大変やったけど青春やったわ。竜介と一緒におったの八年やったけど、やっぱり青春をともにしたと思うもんね。何年かに一回、竜介の息子と飲むねん。墓参り行かへんから、「お前と飲んでるほうが親父は天国で喜んでるわ」って言ってね。

コンプライアンスっていうけれど

大﨑　そう考えると漫才師って職業はなんやったんやろなあ。舞台でも営業でも体一つで戦って。

紳助　それはもう大阪の貧しさが生んだ芸やもん。お金ないから二人が出て行ってしゃべりだけで成り立つという。変なおっさん二人がいきなり人前でふざけた話をするなんて考えてみたらおかしな話やん。東京だと経済が潤っているからもっといろいろな文化が生まれるんやけど。

大﨑　「貧しさから生まれた芸」か、なるほどなあ。だから衣装とかでもあの頃、たとえば、村上ショージの師匠の滝あきらさんって花月の司会役をなさっていた人がいてはって、その司会に誇りを持ってはるから、「吉本興業所属の漫談の滝あきらでございます」って紺色のダブルの金ボタンのジャケットをビシッと着てはった。でもその服をよくみたらジャケットの裏なんかボロボロやねん。

紳助　ある日、突然いなくなる人とかもいたな。

大﨑　初代Wヤングの中田軍治さんは野球賭博で多額の借金を苦に投身自殺しはって、林家小染さん（四代目）は夜中酔った勢いで国道171号線へ飛び出してトラックに轢かれて亡くなりはった。

紳助　今ではコンプライアンスで完全にアウトやけど、俺ら若いときなんて毎日、花月の出入り口に闇金屋の取り立てがいてるんやから。完全にミナミの帝王萬田銀次郎の世界よ。闇金業者が二、三社きてて、俺らその人たちとしゃべったことないけど、名前覚えてたもん。関係ない俺らが名前覚えるぐらいやから。

大﨑　楽屋で坐っとたからな。

紳助　俺らはあれを見て「芸人って金もないのに何しとんねん」と、「あんなの粋《いき》でもなんでもないわ」と思ってたから、俺とかさんまとか巨人の世代は野球賭博とか金融屋に金借りるなんて一切なかった。

大﨑　あのあたりからほんまに変ったよな。

紳助　変わった。そのかわりによう怒られとったよ。夏、楽屋にビーサンと短パンで行ったら「お前、ここはプールサイドちゃうぞ！　ええかげんにせえよ！」って怒鳴られて。変なしきたりみたいなもんはあってな。

大﨑　芸人さんとして「ボロは着てても心は錦」やないけど、劇場に入るときも一般のお客さんも見てはるから、入り姿はビシッとスーツ着て入っていかなあかんと。せやのに短パン姿やから(笑)。

紳助　耳に髪の毛が被っていたら怒られたんやから。「髪、短く切れッ！」って。「なんやここは私学か」って。つなぎ姿で漫才するなんてとんでもなかった。ただうちの洋之助・喜多代師匠はそれを笑って評価してくれたんよ。「この子おもろいでしょ。色々なこと考えてんのよ」って。師匠は当時吉本の古株で偉かったから、他の芸人さんらも「そうですね」と言っとったけど、腹のなかでは「このクソガキが」とはらわた煮えくりかえっていたのわかっとったもん。

大﨑　ほんまに紳ちゃんは洋之助・喜多代師匠のところでよかったよなあ。

紳助　俺、よそやったら絶対あかんかったよ。もちろん弟子やから厳しくされるし、どつかれたりもしたけど、「まともにならんでええよ」って。あまり厳しくすると真人間になってしまって使い者にならんのよ。さんまの松之助師匠も放任主義の人やったから、さんまも自由にやれて素材のまま活きたわけ。反対にきよし師匠なんかめっちゃ真面目やから、きよし師匠の弟子は二年もしたら自衛官みたいになりよるからな（笑）。

大﨑　（爆笑）せやねん。師匠が舞台の袖からおりてきはったら夏は冷たいおしぼりをサッと出して、飲んでる薬も把握して食後は水と一緒にパッと出してとか、弟子としては完璧なんやけど、売れるか売れへんかでいうと売れへんねん。

紳助　弟子として完璧なやつは師匠のタバコの残りの本数まで把握しとったからね。俺らも師匠から「破門や」と何度も怒られたけど、温かく見守ってもらって「そのままでおれよ」って。喜多代師匠に「あんた、私たちの漫才馬鹿にしとるでしょ。お父さん、この子絶対に馬鹿にしとんのよ。古い漫才してるって。絶対思うとんやから」ってよう言われたわ。でもそれをむしろ評価してくれはった――あかん、なんか涙出てきそうになるわ……。

大﨑　今やったらコンプライアンスや人権やっていうて、それはそれで大切なことやし、あかんことは一〇〇％あかんもんやけど、ただそれを突き詰めたら漫才ってどうなってしまうんやろかとも思うねん。それこそ香川先生が「大﨑くん、漫才はいつまでも続くと思うんや」と言われはったように、今Ｍ１も盛り上がっているし、漫才劇場とかも盛況なようで嬉しいんやけど、「よう昨今の状況のなかでみんな漫才頑張ってやってるな」と思うときがあるんよ。

紳助　二種類あるからね漫才といっても。今ずっとやっている漫才は言ってみれば「体操競技」やねん。で、俺なんかもそうやったけど、テレビに行くやつおるでしょ。あっちは「サーカス」やねん。スタートしたときの種目は一緒で、身体使って色々と似たようなことをするんやけど、ずっと体操競技を続けることをおもろいと思わんやつもいるわけよ。同じ漫才しながら俺らみたいに人と違ったことをしたがる。そうやってサーカスに行くと長続きしないのよ。もっと過激、もっと過激になって行ってやがて死ぬまでやってしまうみたいな。全く種目が違うもんやねん。だからダウンタウンが今「漫才やれ」と言われてやっても大しておもろないよ。漫才として見たら「なんじゃこれ」と思われるで。ウケへん。もうやったら損なんよ。今劇場に出ている人たちは漫才という体操競技を究《きわ》めてるから「うまいなあ」って思う。同業者やからおもろいとは思わんけど「うまいなあ」「偉いなあ」って思うよね。

俺が十八で弟子入りしたとき、巨人が四つ上で同期やったけど、はじめて巨人の漫才見たときに「これはうまいなあ。こんなん同じところで戦ったらあかん。俺はサーカスや」ってはじめから思うたからね。そもそもサーカス行くやつって根本的に漫才をおもろいと思ってないのよ。

大﨑　なるほどなあ。

M1をつくったほんとうの理由

紳助　これはじめて言うんやけどM1つくろうと思ったのもそれなのよ。申し訳ない気持ちがずっとあった。どういうことかというと、M1やった理由は二つ。一つは何十年も真面目に漫才をずっとしてはる人おるやん、あの人たちに申し訳ない気持ちがあってん。俺なんか体操競技するふりして入って途中からサーカスしたわけでしょ。「漫才を利用させてもらった。悪いなあ……」っていう。別に誰に対してとかじゃなく、漫才というものに対して後ろめたい気持ち、申し訳ない思いがずっとあって、ちょうど五十ぐらいになって仕事やめようと思ってたときやから余計に「あ、漫才に恩返ししとかんと自分自身目覚め悪いぞ」と思ってね。

それともう一つは、M1なんてやったら毎年優秀なライバルにチャンス与えることになるやん。でも「俺もうやめるから関係ないわ」っていう思いがあって。

大﨑　（爆笑）

紳助　M1なんてな、あんなん自分が全くやめる気なかったら絶対にやってへんで。綺麗事やなく、あんな優秀なやつら毎年いっぱい出てきよったらかなわんもん。邪魔くさいわ。でも「俺もうなんも関係ないわ」と思えたからつくったんよ。そりゃあ何千組のなかから出てくるんやから、みんなめっちゃ優秀よ。

大﨑　ほんまに優秀。

紳助　だから埋もれてくれてたらええんやけど、俺やめる気満々やったからぜんぜん大丈夫、痛くも痒くもないねん。

大﨑　今のM1の決勝に出ている漫才の子らって、あのネタでアニメにもゲームにもドラマにも映画にも、三百六十度展開できるぐらい、ようできてるよ。

紳助　そらうまいよ。競技人口増えたらうまなるもん。日本がテコンドー弱いのと一緒や。「なにやっとんねん」の世界でしょ。それにいわば今の子らは先輩たちが作った新しい音楽を聴いてるからはじめの一歩がもうすでにレベルがめっちゃ高い。俺らはザ・ベンチャーズから入ってるけど、あの子らはヘビメタから入ってるから。はじめのギターの弾き方からしてもうぜんぜん違う。ベンチャーズからやって十年経っても今の子らの一歩目より遅れている可能性が高いよ。M1の審査員しているときも感動してたもん。一年前に決勝で負けたチュートリアルが翌年に優勝したときなんか「うわあ、人って一年でこんなに変われるんや。すげえ！」って素直に感動。「こんなんやれって言われても俺できへんわ」って思った。サーカス系の漫才って自分が今の人生においてノッているかどうか、まさに〝魂を歌うロック〟と同じ感じなんよ。反対に漫才系のほうは技術やから、より日々精進して真面目に練習を重ねて行ってという感じ。だから未だに見たことないけど巨人が言うミルクボーイは体操競技を一生懸命突き詰めた子なんやろうなって思うね。

大﨑　見たことない言うな（笑）。

紳助　ほんまに全く見てないんやから知らんねん（笑）。

でも東京進出したりして漫才やらんようになったやついっぱいおるやん。あいつらはハナからあっち目指しているから。でもあんなんずっとはできひんよ。

新しい才能

大﨑　最近、週末とかに大阪に帰ってきて昼頃から夜まで昔の知り合いと西成、通天閣、天王寺あたりを歩いたりしてるんやけど、土曜日とか日曜日とかに一日中歩きまわって、たとえば一万人とすれ違ったとしたら八割ぐらいがアジア人で日本人おれへんねん。ただ、どこか昔の雑多ななんば花月とおなじような匂いがして、良い意味でも下品で柄悪くて、「これってもう一回変なおもしろいやつが湧き出てくるような土壌にちょっと近くなってるのかな」という気がしたんやけど。

紳助　でもな大﨑さん、もうコンプライアンス、コンプライアンス言うやろ、あんなんもう無理やわ。今のあんな状況やったらみんなやる気なくすって。「浮気したらあかん」ってあらゆるところから叩かれまくって、びっくりするわ。

大﨑　せやからテレビとかに絶対出えへんって決めて「俺らの舞台だけでやるんや」っていう漫才師が出てきたらちょっとは変るんちゃうかなって思うんやけどなあ。

紳助　でも体操競技の漫才師って地味な商売やからな。変わらんでしょ。難しいと思うで。

大﨑　たまたま京都に和蠟燭の職人さんがおって、ある日電話くれて、「京都の四条の小さいお寺で伊藤若冲のお軸を和蠟燭で見る会っていうのを十人ぐらいで集まってするやけど大﨑さん来てくれへんか」と言われて行ったんよ。実は若冲のお軸がアメリカで評価されてえらいブームになっていてるんやけど電球の下でガラス越しに見ているると。でも若冲はこの絵を和蠟燭のもとで書いたはずだと。だから和蠟燭のもとで見ないとほんまもんの若冲を見たことにならんねんと。「たしかにそうや」と思って見たら和蠟燭って部屋のなかで風がふいていなくてもゆらぎがあるから、若冲のお軸が生き生きというかたしかに違って見えんのよ。「なるほどなあ」と思って。

そう考えたら、大阪とか京都とか神戸でもええんやけど、下町で銭湯があって、お好み焼きのソースやなんやの匂いがしたごちゃごちゃしたところを歩きながら、「今日は漫才でも見ようか」ってなったときなんかに、生でしかやらないほんまもんの漫才を楽しめる劇場があったらええなあと思うやけど。あのとき、紳助竜介が「ロールオーバー・ザ・漫才、漫才なんかやめたるわい！」とやったように、今みたいにテレビであれやったらあかん、これやったらあかん、これもあれもあかん、みたいなところだけでやってたら漫才じゃなくなってしまう気がして。もう一回、今の漫才を超えるような、それこそ「漫才なんてやめたるわい！」っていうのができたらなあ思ってね。

紳助　でもそれが根本的に違っているのは、大﨑さんが言う昔の漫才は吉本の初期、俺らの若手の頃の「子供からおじいちゃん、おばあちゃんまで笑わせる」というのが漫才やってん。でも、もう今は音楽でもそうやけど細分化されていっているからなかなか難しいよ。誰をどうやって集めんのか。ベタな漫才をやったところでそんなん誰が集まんねんという話で、対象設定が難しい。音楽だって細分化されとるやろ。めちゃくちゃ売れているワンオク（ONE OK ROCK）のＴａｋａだってファンからしたらチケットとれへん存在やけど、知らんおっさんからしたら「誰やねんそれ？　え、森進一の息子か」ってなるやん。もうお客さんが細分化されとるから。

俺が若手の頃は「子供からおじいちゃん、おばあちゃんまで笑わせろ」と言われて、俺は「それは違う。若い子にウケなしゃあない」と否定するところから始めたけど、今はそれがもっと確立されているから相当難しいよ。それはミルクボーイやったらできるのかもしれへんけど、じゃあ巨人阪神の漫才やって若い子が笑うかというたらもう笑わへんよ。それは七十のじいさんの漫才見て若い子笑わへんって。ダウンタウンだってそう。漫才って同世代ぐらいしか無理やねん。今はもうよりそうなっている時代やもん。

大﨑　いや、せやから同世代に向けてもう一回、それは東京のテレビ局に行くとかではなくて、あのときの紳助竜介が、あのときのさんまが、あのときのダウンタウンが東京に行かず、テレビにも出ず、舞台で生で漫才をしながらＳＮＳや配信かなにかと連携して、何なら日本ではない、世界にも飛び出してその才能を出して行けることがあるように思うねんけどなあ。

『変な絵』っていうベストセラー小説の編集者から聞いたんやけど、ＳＮＳを駆使して世界三十カ国で売れてんねん。これって出版界にとって画期的なことやと思うんやけど、「そんな才能をどうやって見つけるの？」ってその編集者に聞いたらインスタとか TikTok とかをずっとチェックして「こいつおもろい」と思った人に声かけるんやて。何か同じように新しい才能を見つけられへんのかなって。漫才にこだわるから難しいのかもしれへんけど。

紳助　音楽とか小説とかやったらできるかもやけど、言葉を世界に伝えるって難しい気がするわ。SNSでバズるやつは世界に行きやすいっていうのはあるよね。

でも本の話で言えば、今本ってほんまに売るの大変でしょ。スマホでなんでも見られる時代にわざわざ本屋行って本を買うってすごい作業やで。俺なんか本ぜんぜん読まへんからようわからんねんけど。昔色々な番組出てしゃべってたから「紳助さん、何でも知ってはってすごいですね。本、年間何冊読むんですか？」って聞かれるから「目標二冊です」。ほんまに本読まへん。本読んでしゃべろうと思うと「思い出そう」とするでしょ。遅なんのよね。文字をしゃべろうとするんやなくて映像をしゃべろうと思うと構えず早くしゃべれる。やっぱり自分が経験したことやないとあかんね。

でも何回もそのネタしゃべってて自分でも飽きるから進化させるやん。五回もしゃべったら原形あらへん（笑）。もう経験したかしてへんかわからんようになる。

「高校のとき、バイク乗ってて京都の北山の山の中走ってたら岡《おか》っ引《ぴ》きが出てきた」っていう話をラジオの深夜番組でやったらディレクターから「嘘しゃべんな」って怒られたから「嘘ちゃうわ。高校のときのツレに電話してみい今」って言って、生放送中に電話したんよ。そしたらツレがみんな「あ、岡っ引きの話か」って。「みてみい岡っ引きやろ」「お前ら全員嘘つきやねん」ってまた怒られて（笑）。
でも最近キャンピングカーで旅行しているとき、夜暇やから本読むようにしてんねん。大崎さんのこの本もキャンピングカーで読むわ。でも売れへんやろこれ。誰が買うねん（笑）。

大﨑　だから今紳ちゃんと対談してんねん（笑）。

紳助　俺なんて売れへんよ。俺も現役の頃、何冊も本出したけどぜんぜん売れへんかったもん。『島田紳助１００の言葉』が唯一ちょっと売れたぐらいで。大﨑さんに「インチキ本」って言われたあれよ（笑）。

大﨑　今売れるよ。紳ちゃんまた本出そうや。

つくった「脳トレ」

紳助　本ならええのあるで。仲間や家族とやっている「絵しりとり」ってつくったんやけど、これ本にしたらええんちゃうかなあ。

大﨑　え、この絵誰が書いたん？

紳助　俺やって。

大﨑　紳ちゃんうまいなあ。

紳助　いやプロが書いてめちゃくちゃうまかったらすぐわかってまうからあかんのよ。かといっ

①

て下手すぎても「こんなんぜんぜんちゃうやん。絶対わからんわ」ってなってもあかんねん。

ちょっと、みんなでやってみようや。たとえばこれ（①）なんかどう。次はこれとかこれも（②、③）。

【編集者を交えて実際に「絵しりとり」をプレイする】

大﨑　なにこれめちゃくちゃおもろい！

紳助　な、おもろいやろ。うちで家族でやるときは、たとえば四人でやるやん。ひとりひとり順番に回していくねん。で、全員がわからんかったら書いた俺の負けやねん。年末とかに友達に送るとみんな家族でやりよんねん。「楽しい、楽しい」って。ある友達から「うちの家族全員アホですわ」って（笑）。別の友達に「お前なんでこの絵わかったん？」って聞いたら「この絵を写メ撮ったら出るんですよ。絵が正確なん

※①〜③の答えはP295

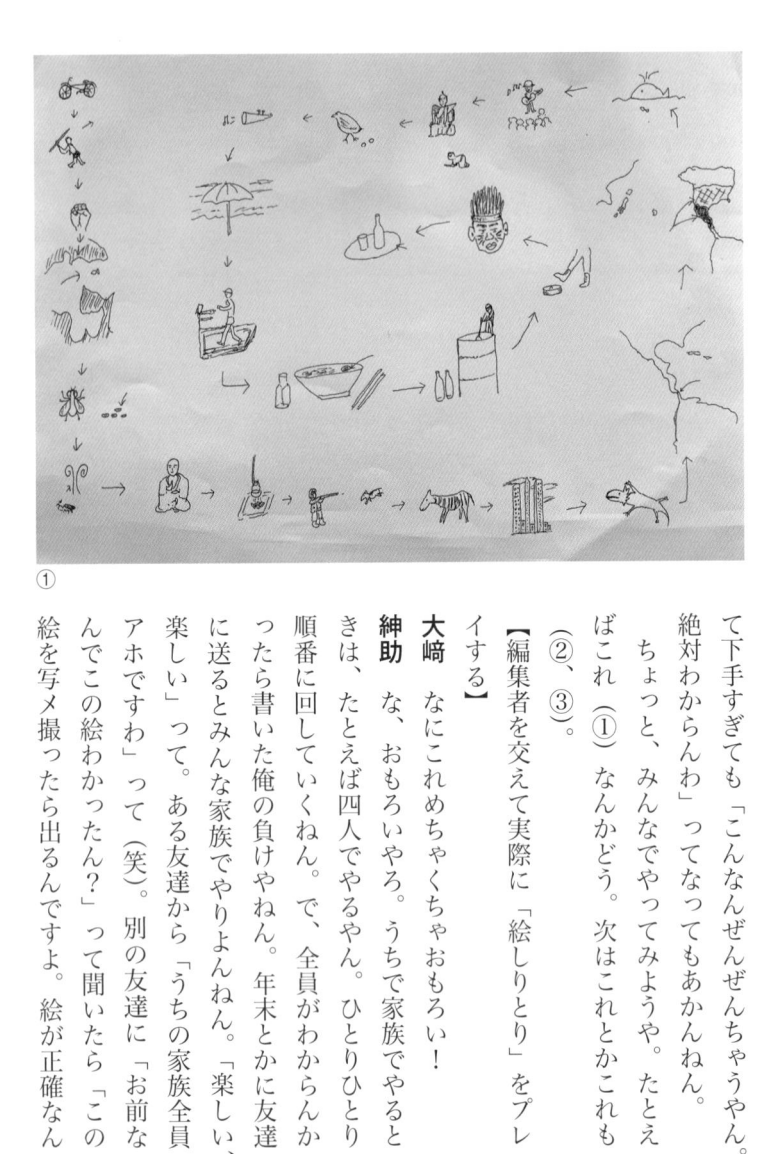

②

③

です」って。

大﨑　手書きやしええね。

紳助　このなかにはな、あえてなかなかわかりにくい絵が入れてあって、「これわかったら優越感に浸れる絵」が数枚あんのよ。「合衆国」わかったらめっちゃかしこい。「ボーイスカウト」なんてわからんやつは永遠にわからん。

大﨑　「スタンドバイミー」なんてわかったらかっこええな。

紳助　かっこええ！　みんなに送って一斉にやって「この絵、いま何人が正解」「え、ぜんぜんわからん。あと何人？」「え、おれアホや」って盛り上がったりして。こんなんをいっぱいつったんよ。これボケ防止にもめっちゃええんよ。

大﨑　沼尻さん（編集者）、飛鳥新社で出そう。で、印税二人で一%ずつもらおうな。

紳助　いやなんでやねん。ぜんぶ俺やろ（笑）。

大﨑　頻尿の薬もわかったし、「絵しりとり」の出版も決まったし、今日話できてよかったわ。あとはKBS京都でラジオやな。

紳助　いや、だから無理やって絶対。今はもうどうやったら若く見えるかということに日々命を懸けているから。ラジオなんて無理、無理、無理！（笑）。

【「絵しりとり」の答え】

①自転車→やり投げ→ゲンコツ→津軽海峡→ウジ虫→触覚→空海→囲炉裏→猟師→シマウマ→摩天楼→ウーパールーパー→パナマ運河→合衆国→クジラ→ライブ→奉行→うずら→ラッパ→パラソル→ルームランナー→ナルト→杜氏→地雷→インディオ→お盆

②アイスクリーム→ムカデ→デッドボール→ルーズソックス→スタンドバイミー→ミツバチ→地下鉄→つま先→きびだんご→ゴールキーパー→パンプス→スクワット→トナカイ→イスラエル→留守番電話→ワンピース→ストライク→クレパス→酢だこ→国歌→歌舞伎→恐竜→占い師→栞→リコーダー→ダイビング→グライダー→ダニ→にんじん

③鉄アレイ→一方通行→宇多田ヒカル→ルーレット→唐辛子→シェフ→フェラーリ→リーゼント→トリミング→軍刀→うずら→ランボー→ボーイスカウト→灯台→イトウ→受け身→宮大工→クレーター→竹藪→Vリーグ→グループライン

※本書は月刊『Hanada』二〇二一年六月号〜二〇二五年五月号に掲載された「らぶゆ〜銭湯」を加筆・修正し、特別対談を加えたものです。

【著者略歴】
大﨑洋（おおさき・ひろし）

1978年吉本興業（現・吉本興業ホールディングス）に入社、2009年代表取締役社長就任、2019年代表取締役会長就任。2023年取締役退任。内閣官房まち・ひと・しごと創生本部事務局委員。内閣府知的財産戦略本部構想委員会委員。現・鳥取大学医学部附属病院運営諮問会議委員、近畿大学客員教授。2023年3月全広連日本宣伝賞・正力賞受賞。2023年5月大阪・関西万博共同座長に就任。一般社団法人mother ha.ha代表理事。2024年6月公益財団法人 国際親善協会 クリエイティブディレクターに就任。

あの頃に戻りたい。そう思える今も人は幸せ

2025年4月15日　第1刷発行

著　　者　大﨑洋
発 行 者　花田紀凱
発 行 所　株式会社　飛鳥新社
〒101-0003　東京都千代田区一ツ橋 2-4-3　光文恒産ビル 2F
電話　03-3263-7770（営業）　03-3263-5726（編集）
https://www.asukashinsha.co.jp
装　　幀　DOT・STUDIO
印刷・製本　中央精版印刷株式会社
JASRAC 出 2501748-501
NexTone 許諾 PB000056007

ISBN 978-4-86801-076-0

編集担当　沼尻裕兵